LEI

Otmar Leist

Wendepunkte

Drei Erzählungen

Donat Verlag Bremen

Die Deutsche Bibliothek – CIP-Einheitsaufnahme

Leist, Otmar:
Wendepunkte : drei Erzählungen / Otmar Leist. –
Bremen : Donat, 1996
ISBN 3-931737-05-5

Für den Einband ist eine Radierung von Gunnar Lüers
(Bremen) nach der Skulptur „Marsyas" von Alfred
Hrdlicka verwendet sowie ein Ausschnitt aus dem
„Orpheus" von Gerhard Marcks. Wir danken dem
Gerhard-Marcks-Haus (Bremen) für die freundliche
Genehmigung des Abdrucks.

© 1996 by Donat Verlag, Bremen.
Alle Rechte vorbehalten.
Lektorat: Henriette Kirchhoff-Wottrich, Bremen.
Umschlaggestaltung und Layout: Roland Bühs, Bremen.
Umschlaghintergrund: Susanne Burghardt, Bremen.
Druck: Fuldaer Verlagsanstalt GmbH, Fulda.

Inhalt

Der Mann mit der Mütze
7

Das Foto
39

Unter dem Brauenbogen
55

Der Mann mit der Mütze

Simone erhob sich, berührte Sven an der Schulter. „Bestellst du? Kaffee!" Zwischen den Tischen ging sie den Kiesweg zum Haus. 'Mit dem Klo hätte es noch Zeit gehabt, aber die Haare.'

Der Gasthof war in einem alten Bauernhaus eingerichtet. Simone erfrischte, frisierte sich. Auf dem Rückweg durchquerte sie die Diele. Ein großer Spiegel.

Hinter ihr kam die Gestalt eines Mannes in den Rahmen, mit einer leisen Bewegung, so daß ihr kleiner Schreck gleich verflog. Ein hochgewachsener, älterer Mann. Er blickte sie an. Ihr Blick wich ab, kehrte zurück. Eine Weile standen ihre Augen in seinen, ruhig, nur ihre Hände zupften ein wenig an Bluse und Haaren.

'Jetzt ist es genug.' Langsam ging sie in den Garten hinaus. Sie fühlte seine Blicke im Rücken. Unter jedem Schritt der knirschende Kies.

Einen Augenblick später, Simone saß schon wieder, sah sie den Mann näherkommen, er trat zu einem Tisch neben ihrem, zögernd, so daß er im gleichen Moment von anderen Ausflüglern besetzt wurde. Der Mann wandte sich zu ihnen: „Ist hier noch ein Platz frei?"

Als der Kaffee gebracht wurde, hatte er sie schon in ein Geplauder gezogen. Vom Deich aus, wo der Gasthof lag, sah man über die Marschen hin: er hatte sie gefragt, ob es hier im Winter, wenn die vielen Wasseradern anschwollen und das flache Land überschwemmten, noch weite, zusammenhängende Eisflächen gäbe? „Seinerzeit sind wir auf Schlittschuhen bis nach Holland gelaufen, mußten nur wenige kurze Landpartien dazwischen einlegen."

'Eigentlich bin ich rausgewandert, um zu atmen, zu schauen', dachte Simone. 'Die beiden Reiher erst, ohne Scheu zwischen den Kühen umhergehend. Der Bussard, wie er über den Wiesen kreiste. Vielleicht würde ich mal einen Storch sehen...' Sie lehnte sich zurück. 'Dieser Fremde. Der Anzug? Sehr feiner Stoff. Schnitt und Farbe: etwas für einen Sonntagsausflug. Sein Alter? Es mag so um die 60 sein.' Er trug jetzt eine Sportmütze; als er aus dem Halbdunkel des Flures in die Sonne getreten war, hatte er sie auf den nahezu kahlen Kopf gesetzt. 'Jemand, wie ich ihn bisher nur aus Filmen kenne. Jemand, der sonst im Flugzeug über einer hinwegfliegt.'

„Was studieren Sie?" hörte sie ihn fragen. „Politik-Wissenschaften? Ein weites Feld. An welcher Stelle bearbeiten Sie es denn zurzeit?"

„Wir untersuchen verschiedene Zeitschriften", sagte Sven, „wie konsequent sie im Lauf der Zeit bei der kritischen Aufklärung geblieben sind, die sie sich einmal vorgenommen hatten."

„Ah! Und zu welchem Ergebnis sind sie gekommen?"

„Die redaktionellen Beiträge haben letztlich nur noch die Aufgabe, eine möglichst große Konsumentengruppe für die inserierenden Industriezweige zu binden."

Simone sah ihn von der Seite an. 'Sauber formuliert. Fast druckreif.'

„Und sollte ein Journalist", sagte Sven, „das System der Marktwirtschaft grundsätzlich in Frage stellen, entläßt der Verleger ihn auf Druck der Industrie – wenn er es nicht schon in vorauseilendem Gehorsam getan hat."

'Ich mag seine Sprache. In seinem Wortschatz gibt es kein *herrlich*, kein *wunderbar,* kein schwammiges *unendlich*.'

Sie horchte auf die Sprache des anderen. „Wenn ich Rasierapparate verkaufe und Sie öffentlich erklären, Rasieren sei ungesund, würde ich Sie auch nicht anstellen."

„Es dreht sich nicht um Apparate!"

'Svens Stimme klingt scharf. Müßte der Mann sich nicht angegriffen fühlen? Er hat den Kopf kaum bewegt, das Gesicht um die Augen herum kaum verzogen.'

„Gut!" sagte er. „Aber Sie wissen, wie viele Fälle von Korruption schon von Zeitschriften aufgedeckt worden sind. Die Demokratie geht mit sich selber schonungslos um. Das ist im wesentlichen auf die Pressefreiheit zurückzuführen."

Mit halbem Auge hatte Simone einen Storch wahrgenommen, der über die Wiesen heranflog. Jetzt landete er, nicht weit von ihnen entfernt. „Schauen Sie!" Simone zeigte hinaus. Der Vogel nahm die großen, fächerförmigen Schwingen an sich, stand, blickte ins Gras, tat ein paar Schritte, stand wieder.

„Oh ja! Schön! Hat die Agrartechnik den Störchen den Lebensraum also noch nicht ganz zerstört?" Der Mann nickte Simone zu. „Solange es in den Wiesen noch genug Wasser gibt für Frösche..."

'Er freut sich. Er hat ein Auge dafür. Er kennt sich aus.'

Sven fragte: „Was haben Sie für einen Beruf?"

Er leite ein Werk in Nordrhein-Westfalen, sagte der Mann, sei für einige Tage zu einer Hauptversammlung hier. Er wandte sich an Simone. „Erzählen Sie! Sie studieren auch? Und was? Kultur-Wissenschaft?" Dies Studiengebiet sei neu für ihn: Lehrstoffe aus Geschichte, Soziologie, Ästhetik in ein Fach gebündelt? „Ich versuche, es mir zu erklären. Es ist wahrscheinlich entstanden aus Bedürfnissen der allgemein wachsenden Freizeit."

Simone hatte ihren Blick nicht von dem Storch gelöst. „Ein umstrittenes Fach. Ich hab' mich auch noch nicht ganz darin zurechtgefunden." Sie dachte: 'Was soll ich überhaupt später damit anfangen? Kultur als Konsumgut? Als subventionierter Luxus? Als ökonomischer Faktor? Ich weiß gar nicht genau, was Kultur ist.'

„In welchem Wirtschaftszweig sind Sie tätig?" fragte Sven.

Der Mann kappte das Ende einer Zigarre mit einem kleinen, goldenen Abschneider. „Ach! das möchte ich heut' eigentlich vergessen. Ich hab' die Geschäfte hinter mir, hab' mir ein paar Tage Ruhe verschrieben. Sie glauben gar nicht, wie ich genieße, nicht erreichbar zu sein, auszuspannen, Zeit zu haben, einen Storch zu beobachten."

„Ist ihr Werk ein Chemiewerk?"

'Wenn er die Brauen hochzieht, bewegt er sie nur um Millimeter, aber es wirkt wie ein *Halt!* – nur, daß Sven es nicht sieht oder daß es ihn nicht kümmert.'

„Oder produzieren Sie Rüstungsgüter?"

„Tut mir leid, kann mit beidem nicht dienen." Er sagte es zu Sven und sah dabei Simone an.

Sie gab ihrer Stimme einen spaßigen Ton. „Gestatten Sie also, daß ich Sie auch im Namen meines Freundes um Entschuldigung bitte."

Der Mann blickte hinaus, wo der Storch immer noch durch das Gras schritt. „Ich bin vorhin lange am Deich spazierengegangen. Ich mag diese unverstellte Weite, dies saftige Grün bis zum Horizont, bin hier aufgewachsen. Da tauchen Erinnerungen auf, an Wanderungen, Fahrten auf dem Rad, im Kanu." Er sagte, als fiele es ihm gerade ein: ob sie den Abend seine Gäste sein wollten? Hinten am Deich habe er seinen Wagen geparkt; auf der Herfahrt sei ihm ein Restaurant aufgefallen, das würde er gern einmal kennenlernen.

Bis spät in die Nacht spricht Simone mit Sven über ihre neue Bekanntschaft. „Hast du bemerkt", fragt sie, „wie die Krawatte paßte, wie gut der Anzug saß?"

„Mensch, was soll das denn! Der kann sich halt nach Maß kleiden lassen von einem Prominentenschneider."

'Sven sollte die Augen nicht so verdrehen!' Sie will über den Mann allerdings auch etwas anderes sagen, weiß noch keine Worte dafür.

„Stell' ihn dir lieber vor dem Kadi vor", sagt Sven.

„Wieso?"

„Na, weil er Kommunalpolitikern, die ihm Bauland zuspielten, einen Winterurlaub finanziert oder einen Konkurrenten durch Aktienmanipulationen in den Ruin getrieben hat."

Simone sieht das Gesicht des Mannes, wie sie ihm am Tisch in dem anatolischen Lehmofen-Restaurant lange Zeit gegenüber gesessen hat: die sorgfältig rasierte Haut, die große, grobporige Nase, das Oberlippen-Bärtchen.

„Wir sind auch nur Konkurrenten", sagt sie. „Wenn ich nächsten Monat zum Praktikum beim *Kurier* angenommen werden will, muß ich unbedingt Katrin ausstechen. Obwohl ich sie gernhab."

„Sowas ist nicht vermeidbar. Aber Steuerbetrug, Bilanzfälschung, Parteispenden? Diese Machthaber finden es so selbstverständlich, überall begünstigt zu werden, daß sie es schon als ihr Recht einfordern. Und auch du begünstigst ihn noch durch deine Bewunderung."

Simone blickt an Sven vorbei. Sie steht wieder auf dem abgelegenen Feldweg am Rande der Stadt, den sie einmal entlanggegangen war: durch eine Lücke in der Ligusterhecke ein Haus, ein efeuberankter Landsitz, von gepflegtem Rasen umgeben. Auf einer Terrasse saßen ein Herr und eine Dame, plauderten, tranken Tee, aus dem Inneren des Hauses Klavierspiel...

Die Stimme von Sven holt sie zurück. „Der mit seiner Demokratie! Eine Schönwetter-Veranstaltung! Wenn Wolken aufziehen, wird der doch der Erste sein, der nach einer starken Hand ruft."

„Ich finde seine Art, mit uns umzugehen" – Simone sucht nach einem Wort, „kultiviert. Findest du nicht? Als er sich über mein Studiengebiet den Kopf zerbrach. Wie er auf deine Fragen reagierte."

Sven sagt: „Dahinter mußt du die Dienstboten und Privatlehrer sehen, die Bibliothek seiner Eltern, die ganzen Spielregeln, die ihm schon als Kind eingebläut wurden."

Wieder die Villa hinter der Ligusterhecke, Zimmer voller Bücher und Gemälde. Und morgens läßt der Mann sich in ein imposantes Verwaltungsgebäude fahren...

„Und die Leute, die bei ihm arbeiten, die er raussetzt, wenn er sie nicht mehr brauchen kann."

'Seine Lippen, sicherlich, er kann sie zusammenkneifen und Befehle hervorstoßen ... Aber das Mienenspiel, da liegt mehr dahinter, Lebensjahre, Lebensräume...' „Seine Überlegenheit", sagt sie, „scheint mir eine persönliche Errungenschaft zu sein, nicht etwas, das ihm einfach zugefallen ist."

„Das", erklärt Sven, „ist ganz unpersönlich, eine allgemeine Geschäftsbedingung, wie das Markenzeichen eines Erfolgsartikels."

'Wir werfen mit Klischees um uns. Wir haben keine Ahnung. Wie könnten wir auch?' Ein anderer Gedanke beschäftigt sie. 'Was will er von uns? Er studiert uns wie ein Besucher im Zoo ein Gnu.' Sie muß grinsen. 'Ich tu ja dasselbe! Bin ganz Auge. Will soviel wie möglich rauskriegen von dem, was dahinter steckt.'

Auf dem Boden des Restaurants lagen, an den Wänden hingen bunte Teppiche. Tische mit rostbraunen Decken, kräftige Holzstühle. Kellner, umhereilend, um die Hüften weiße Schals geschlungen, deren Fransen über die weiten, schwarzen Hosen herabbaumelten. Der große Lehmofen, in dem die Flammen züngelten; neben die brennende Scheite schob ein Mann auf einer Schaufel Schalen aus Ton.

Simone schloß für ein paar Sekunden die Augen. Leise türkische Musik drang an ihr Ohr.

„Ich mag diese Musik", das war die Stimme des Mannes, „ihren schwankenden, schwirrenden Klang. Sie macht keine großen Sprünge, keine großen Versprechungen, erinnert von fern an Minimalismus."

'Ein kühner Vergleich!' „Ich hab' türkische Musik lange Zeit als Gewimmer abgetan", sagte Simone. „Na ja, wenn eine von der klassischen Tonalität herkommt... Inzwischen höre ich sie gelegentlich auch ganz gern."

Sven lauschte, man sah Anstrengung auf seinem Gesicht. „Ich nicht." Und, mit Bedauern in der Stimme: „Ich verstehe leider nichts von Musik."

Der Mann erzählte eine Anekdote von einem Mathematiker, den er einmal zum Anhören einer Bartok-Sinfonie überredet hatte; dessen Fazit nach dem Konzert: *Ganz nett. Aber was ist eigentlich damit bewiesen?* Simone lachte.

Der Kellner brachte eine Flasche Trakya, einen Rotwein,

zu dem der Mann ihnen geraten hatte, und schenkte ihre Gläser voll.

„Ich kenne auch eine Anekdote", sagte Simone. „Von Rossini, der einem Frager geantwortet hat: *Tannhäuser? Ja, das ist eine Oper, die man sich mehrmals anhören muß, um sich ein Urteil zu bilden;* nach einer Weile: *Ich werde sie mir aber ganz bestimmt nicht noch einmal anhören.*"

„Glänzend!" sagte der Mann. „Ja! Einerseits meide ich Wagner auch gern als schrecklichen Krachmacher. Andererseits finde ich ihn immer wieder interessant, mit seiner Chromatik beginnt die Entwicklung der heutigen Musik." Er habe kürzlich in Dresden ein Konzert mit zeitgenössischen Werken besucht. „Diese Komponisten sind an keine Regeln mehr gebunden, sie bewegen sich frei im Raum akustischer Möglichkeiten."

Das Essen wurde gebracht: Lammfilet in Tonschalen, in denen das Fett noch brutzelte; dazu Salat, Weizengrütze und Fladenbrot. Schon bei den Worten auf der Karte war Simone das Wasser im Munde zusammengelaufen.

Der Mann wünschte ihnen einen guten Appetit, sie möchten es sich schmecken lassen. 'Er gibt diesen gewohnten Formeln einen eigenen Klang, freundlich und doch, als spiele er damit, als bringe er sie zum Schweben.' Simone griff zu Messer und Gabel. 'Und Sven? Denkt er auch an *Kuzu: Lamm, und Bulgur: Weizengrütze*?'

„Sie waren in Dresden?" fragte Sven. „Da haben Sie wahrscheinlich eine Produktionsstätte aufgekauft. Die großen Industriebetriebe aus dem Westen reißen den Markt in Ostdeutschland an sich – Kaufhausketten, Versandhäuser, Versicherungs-Gesellschaften mit dabei."

'Dieser Widerpart kommt ihm wie gerufen. Aber der Mann will jetzt essen, will auf das Thema nicht eingehen.'

„Der Trakya", sagte sie, „wird auf der Karte als *trocken* bezeichnet; zwei andere Rotweine werden *halbtrocken* und *volltrocken* genannt. Es kommt mir vor, als wären das ganz willkürliche Adjektive."

„Nein", sagte der Mann, „das sind ganz exakte Befunde. Fachleute kennen noch viel mehr Abstufungen beim Geschmack von Weinen und haben genau bestimmte Worte dafür."

„Also! Man läßt doch im Osten zu viele Betriebe kaputtgehen, die sich auf lange Sicht hätten retten können", sagte Sven.

„Es ist notwendig, daß dort investiert wird", sagte der Mann. Und zu Simone: „Schmeckt Ihnen der Wein? Sein Name kommt übrigens von Thrakien, dort, zwischen Griechenland und der Türkei, werden seine Trauben angebaut."

„Glauben Sie denn wirklich an Ihr Rezept für die neuen Länder?" fragte Sven. „Oder verfolgen Sie es nur, weil es sich für Ihre Bilanzen halt günstig auswirkt?"

„Das ist einunddasselbe. Nur wenn Unternehmer mit Gewinn rechnen können, werden sie aktiv werden. Zum Nutzen aller. Geschwätz nützt keinem."

'Das ist unfair gegen Sven. Im Moment schwatzt er ja auch nur.' Sie hielt einen Augenblick im Essen inne. 'Hinter seiner Freundlichkeit ist etwas Hartes, Abweisendes. Er möchte es nicht zeigen, aber ich spüre es, es erschreckt mich.'

Ihre Augen wichen zu der türkischen Familie am Nebentisch aus. Der Vater, ein massiger Mann mit Rundkopf, das feine Gesicht der von einem weiten Gewand verhüllten Frau, die drei Kinder mit großen, dunkelbraunen Augen. 'Es ist, als sei ich auf Urlaub.' Simone schmeckte das zarte Lammfleisch, sie kaute mit Bedacht, kostete jeden

Bissen. Die Weizengrütze war scharf gewürzt. 'Ich halte mich lieber an das Fladenbrot.'

„Wir wollen noch etwas zum Nachtisch essen. Bitte! Sie müssen keine Bedenken haben, ich feiere heute einen guten Abschluß, tun Sie mir den Gefallen, mit mir zu feiern!"

Er las aus der Karte vor: „*Helva, süße Sesampaste mit Kakao und Vanille, Irmik Helvasi, Griesbrei mit Rapshonig, überbacken mit Mozarella, im Lehmofen zubereitet und warm serviert.* Ich nehme das Zweite, es klingt verlockend."

„Ich glaub', ich nehme das Erste." Simone fragte: „Mozarella, was ist das eigentlich?"

„Ein italienischer Käse", sagte Sven.

Simone grinste dem Mann zu. „Von Käse versteht er eine Menge."

„Und einiges von Wirtschaft", sagte Sven. „*Zum Nutzen aller* haben Sie behauptet. Und darum werden Löhne gedrückt und Arbeiter entlassen? Ihre Marktwirtschaft ist brutaler als die Planwirtschaft war."

Der Mann ließ sich Zeit für seinen Nachtisch, betupfte dann sorgsam das Bärtchen mit der Serviette. „Genügt Ihnen nicht", sagte er, „was die Planer all die Jahre dort angerichtet haben?"

„Und was? Konkretisieren Sie es doch einmal", bat Simone.

„Nun, Mißwirtschaft, Bodenverseuchung. Die totale Überwachung aller Menschen. Und die Indoktrination schon im Kindesalter."

'Er hat ja recht. Immerhin aber weiß ich, daß in der DDR zum Beispiel eine Arbeiterin über ihr Werk einen Urlaubsplatz bekam und eine Hortstelle für ihr Kind.'

„Oder denken Sie an den Kult um Personen und den Luxus für die Elite."

'Aber die Arbeiterin: sie gehörte vielleicht dem Sport- oder dem Gesangsverein des Betriebes an, aß billig in seiner Kantine, wurde in seiner Poliklinik betreut.'

„Wenn es in Ihre Kapitalverwertung paßte", sagte Sven, „haben Sie sich mit den *Verbrechern* drüben gern an einen Tisch gesetzt."

Der Mann bestellte drei türkische Mokkas. „*Verbrecher*, das Wort habe ich nicht gebraucht. Es gab auch anständige und fähige Leute unter den Funktionären. Sie können jetzt durch Leistung wiedergutmachen, was sie damals falsch gemacht haben."

'*Leistung*, das scheint sein Maßstab zu sein.'

„Und Sie machen alles richtig."

Der Mann bewegte die Hand abwehrend. „Das macht keiner. Aber der Sozialismus war ein Irrtum." Er lächelte Simone an. „*Werch ein Illtum!*" sagte er.

Simones Blick war abgeschweift. Die Lampenschirme, keiner glich dem anderen – was hatten sie nur für eigenartige Formen, kugelig, schlauchartig, geil wuchernd? Sie erkannte plötzlich: es waren Kürbisse, braunbemalte Kürbishälften! Sie hob den Finger, um darauf zu zeigen; sie ließ ihn sinken, Sven sollte sagen, was er zu sagen hatte.

„Es wird immer nach einer gerechten Weltordnung gesucht werden. Und eines Tages werden die Unterdrückten der Welt das ihnen Vorenthaltene oder Abgepreßte zurückfordern. Dann wird man die sozialistischen Versuche mit anderen Augen sehen."

Der Kellner brachte den Mokka auf einem goldenen Tablett. Jeder nahm sich ein Täßchen.

„Sie werden es vielleicht nicht glauben", sagte der Mann, „aber da bin ich weitgehend Ihrer Meinung." Und nachdem er getrunken hatte: „Übrigens war Ihre Annahme falsch, ich alter Ausbeuter wäre aus geschäftlichen Gründen in Dresden gewesen. Es war ein privater Besuch bei Verwandten."

Sie lachten. Alle drei. 'Wenn es bei Sven auch ein wenig gezwungen klingt.'

Ein Marienkäfer krabbelte über das Tischtuch.

„Das bringt Glück", sagte Simone.

„Es soll Glück bringen", sagte Sven, „auch wenn man nicht daran glaubt." Sie lachten wieder.

Der Mann hob das Glas. „Haben Sie noch einen Schluck? Ja? Auf das Glück! So wie Sie es sich vorstellen."

„Und auf ein langes Leben!" sagte Sven.

Der andere nahm einen Schluck, ließ das Glas ein wenig sinken, hob es Simone noch einmal zu. „*Heutzutage*", sagte er, „*wird koa Mensch mehr oid. Die wo noch da san, san alle von früher.*"

„Wenn er nicht erklären will, was seine Arbeiter machen", sagt Sven, „dann weiß er es vielleicht selber nicht. Solche Typen erben Aktien, lassen von anderen Produkte herstellen, die Gewinn abwerfen, und streichen die Dividende ein."

„Du hast auch Aktien geerbt", sagt Simone.

„Die paar von meiner Tante."

„Du wendest Zeit daran, die Kursbewegungen zu verfolgen, denkst nach über Kauf und Verkauf."

„Ich kann vielleicht ein bißchen Geld machen."

„Und wozu?"

„Umso besser kann ich kämpfen."

„Wer sich nicht fürchtet", sagt sie, „den kann man das Fürchten auch nicht lehren."

„Wir werden diesen Betrügern die Furcht schon beibringen."

„Ich meinte: uns. Die Furcht vor uns. Jedem die vor sich selbst."

Sven greift nach einem Buch, das auf dem Tisch liegt; nach einem schnellen Blick auf Simone schiebt er es wieder zur Seite.

'Er schaut nie hinter sich, um sich, immer nach vorne. Wo er lebt, gibt es keine Störche, keine Musik, keine Kürbislampen, da gibt es nur Politik. Er besteht ganz aus Willen, gespannt auf ein Bessermachen. Oder ist es nur ein Selbermachen?'

Sven fragt: „Was sollte eigentlich dieses *Werch ein Illtum*?"

„Das stammt aus einem Gedicht von Ernst Jandl."

„Und dieses *Koa Mensch wird mehr oid*?"

„Aus einem Sketsch von Karl Valentin."

„Mhm!" Sven zuckt mit den Schultern. „Und über sowas kannst du lachen?"

Simone erinnert sich an die Bartok-Sinfonie und den Mathematiker. 'Sven ist wie ein zweckentsprechend hergerichteter Gegenstand, eine Schraube, die in irgendein Gewinde geschraubt werden muß, damit sie sich nicht im Leeren dreht.' Simone erschrickt: wenn er später nichts anderes fände, als Prokurist zu sein im Werk so eines Großverdieners? 'Und ich? Wenn mir später nichts anderes übrigbliebe, als *Beauftragte für Kultur* in einem Riesenbetrieb zu werden...?'

„Vielleicht ist er kein Betrüger", sagt Sven. „Aber zumindest betrügt er sich selbst. Um seine eigene Weste weiß zu finden, muß die graue DDR total schwarz gewesen sein."

In der Studentenbude von Sven ist alles geordnet, die vielen Bücher und Zeitschriften vor allem, die wenigen Möbel fügen sich unauffällig darein. 'Wie die Welt in meinem Kopf, deren Ordnung ich jeden Tag wieder herzustellen versuche. Aber die Welt draußen? Die fällt immer neu darüber her, reißt die Bücher aus den Regalen, reißt die Seiten aus den Büchern...'

„Und woher kommt das Geld, das sie so großzügig in die Ostländer stecken?" fragt Sven. „72 Milliarden zum Beispiel stammen aus Mafia-Kanälen, sind Narko-Dollars. Die neuen Bundesländer sind die größte Geld-Waschanlage des Verbrechens."

Sven steht auf, geht im Zimmer hin und her. „Überall in Deutschland wachsen Armut und Arbeitslosigkeit. Demgegenüber gibt es etwa 100 000 Millionäre und 50 Milliardäre. Eines Tages werden sie einen starken Mann finanzieren, damit er ihnen ihr System aufrechtzuerhalten hilft."

Nach dem Essen waren sie noch eine Weile am Tisch sitzen geblieben. Sven hatte erklärt: sie seien keine Einzelgänger, sie gehörten zu einer Mehrheit, die Tagelöhner in Zuckerrohr-Plantagen und Zinnminen ebenso umfasse wie Lohnabhängige und Arbeitslose in Deutschland. Der Mann: das sei ein Traum; ihre Begabung würde sie unweigerlich emportragen in ein Abseits und Oberhalb der Masse.

Er sagte: „Sie wollen die Welt Ihren Ideen aufopfern."

„Und Sie Ihrem Geld."

Der Mann kannte verschiedene Arten von Lächeln. Lange Zeit nur eine Andeutung davon, als genieße er das Spiel, das er angezettelt hatte. Manchmal, selten und kurz, kam sein Lächeln gerade auf Simone zu. Manchmal verlor es sich in unbestimmte Richtung.

Dann wieder hob es ihm die Brauen, *Kindchen, Kindchen!* schien es zu meinen, aber nicht in kränkender Absicht. Etwas wie ein Lächeln saß auch in seinen Augenwinkeln, als er zu Sven sagte: *Das Bild ist falsch, daß Sie sich im Schweiße Ihres Angesichtes von Kapitalisten machen.* Wieder zeigte er dabei keine Spur von Herablassung oder Hohn.

'Möchte er dem Gespräch eine leichtere Stimmung erhalten? Er scheint Gespräche als eine Art Kunst zu betrachten.'

Beim Abschied, sie standen draußen vor dem Lehmofen-Restaurant, sagte der Mann: „Es war mir wichtig, einmal mit Menschen Ihrer Generation zu sprechen. Ob Sie sachlich zuständig sind für all die Probleme, an die Sie sich wagen, möchte ich offenlassen. Aber in Ihrem Alter haben wir auch sehr abstrakt über Demokratie debattiert."

Sven unterbrach: „Und jetzt haben Sie sie konkret."

Er: „Jetzt haben wir sie." Er machte dabei eine Handbewegung, die sie einbezog.

„Und sie gefällt Ihnen?"

Er: „Nun ja, sie gefällt uns, mit Abstrichen."

„Uns nicht."

„Stopp!" sagte er. „Lassen Sie jetzt die Streitaxt einmal ruhen, wenn sie auch nicht begraben sein soll. Ich wollte ja noch weiterreden. Wollte sagen, daß ich angenehm überrascht bin. Ihr Wertsystem gibt Ihrem Denken und Fühlen eine Kultur, wie ich es nicht gedacht hatte."

'Und dann hat er, leise und beiseite, etwas Unerwartetes

über Sven gesagt: *Wäre ich nicht der, der ich bin, hätte ich vielleicht er sein können.*'

Sven schnippt es mit dem Finger weg. „Er tut so, als wären seine Ansichten das Ergebnis eigenen Denkens. Dabei sind sie das Ergebnis seiner Informationen. Während er sich sonst im politischen Teil der Frankfurter Allgemeinen über Radikale orientiert, hat er heut' mal ein bißchen im Feuilleton geblättert."

Simone blickt auf einen Punkt hinter Svens Gesicht. 'Er hat kräftige Hände. Die Haut ist schon krumpelig, von den Jahren abgegriffen. Ich hätte sie gern berührt, sie gestreichelt, ein wenig darüber hingestrichen.'

Ein paar Mal hat sie seine Augen auf sich gefühlt, halbverdeckte Blicke auf ihrem Gesicht, ihrer Brust. 'Manchmal sieht er ganz jung aus. Nur die Fältchen in den Augenwinkeln erinnern an sein Alter.'

Sein Arm, ganz kurz um ihre Schulter gelegt, als sie zum Auto gingen. Sie hat sich für einen Augenblick an ihn gelehnt. Jetzt tut sie es in Gedanken noch einmal. Sie spürt wieder den Duft. Etwas Tropisches. Kaneel? Ein Hauch von etwas Schwerem, Würzigen, Süßen. Nur ein Hauch.

Der Mann saß am Steuer seines geräumigen Wagens. Auf dem Kopf die in hellen und dunklen Grautönen karierte Mütze. 'Er nimmt die unbelebte Landstraße über Waakhausen. Ich mag es, daß er nicht schnell fährt.' Er hielt ein mittleres Tempo, *um die Natur zu genießen*, das waren seine Worte.

'Er hat keine Miene verzogen, als er hörte, daß Sven nachmittags und abends Vorlesungen besuchen müsse.' Vielleicht, hatte der Mann gestern gefragt, hätten sie Lust, am nächsten Nachmittag mit ihm in Worpswede eine Tasse Kaffee zu trinken?

'Ich hab' mir die lachsrote Bluse angezogen, die dunkelbraune Hose... Ich freu' mich... Ich will alle Eindrücke ganz in mich aufnehmen... Gut, daß wir Sven danach noch in der Stadt treffen wollen, das ist wie ein Fixpunkt...'

Simone streckte sich, atmete tief ein. 'Die reine Luft! Der Geruch der Kiefern!' Der Mann hatte den Wagen in der Nähe einer Galerie geparkt. „Wollen wir die schnell mal mitnehmen?"

Installationen und Objekte von jungen Künstlerinnen. Eine hatte dunkel gefärbte Scheuerlappen zusammengenäht und zu Stoffhügeln gehäuft, eine andere einen Brei aus Wasser, Sand und Farbe auf am Boden liegende Leinwand geträufelt.

„Ganz nett!" sagte Simone. „Sowas können Sie heute überall sehen. Wenn ich aber nach Worpswede fahre..."

„Vermissen Sie die guten, alten Landschafter?" fragte der Mann. „Mich regen aber auch diese Arbeiten an. Wie sie mit dem Zufall spielen, das fordert die Phantasie heraus. Diese Leute lehren uns, was Freiheit ist."

'Aber jetzt wollen wir ins Freie!'

Sie nahmen einen sandigen Weg zwischen hohen Maisstauden bis zum weiten Ausblick vom Weyerberg rundum ins Marschenland. Sie sprachen wenig, zeigten einander nur hin und wieder etwas in der Ferne, eine Baumgruppe, eine Mühle, winzig am Horizont: ein Kraftwerk.

Simone sah von der Seite auf den Mann. Das großflächige Gesicht, das graue Haar an den Schläfen, die Haut voller Rillen und Risse, die Partie um Mund und Kinn wie festgeklopft. 'Ich könnte seine Tochter sein. Mein Vater, den der Angestelltentag in dem langweiligen Büro so langweilig macht, seine fünf Gedanken, immer im Kreis... Wenn dieser mein Vater gewesen wäre, hätte ich einen weiteren Horizont bekommen, hätte ich mir meine Meinung begründeter bilden können...'

„*Wenn ich aber nach Worpswede fahre,* fingen Sie vorhin an", sagte der Mann; „meinten Sie: *dann müßte man eigentlich auch Heinrich Vogelers Barkenhoff besuchen?*"

Im *Hoff* standen sie vor dem wandfüllenden Bild *Melusine*. Der Mann erinnerte an die Sage von der Meerfee, sie wird die Frau eines Menschen, muß aber wieder in ihr Element heimkehren. „Der Mensch", sagte er, „das ist dieser Jäger da, der im Hintergrund herumschleicht, sie mit seinen Augen verzehrt. Will er sie erst erobern? Oder hat er sie schon verloren? Und Melusine, die vorn am Wasser sitzt: Nimmt sie wehmütig Abschied von ihrem Element? Findet sie reumütig zu ihm zurück?"

Der Mann erzählte, daß Vogeler dies Triptichon ursprünglich für das Jagdschloß eines Auftraggebers gemalt hätte.

Ein Jagdschloß? Die Villa hinter der Ligusterhecke, zum Schloß vergrößert, die Terrasse zur Freitreppe geweitet, davor sammeln sich auf tänzelnden Pferden elegante Reiter...

„Schön, diese pfauenartigen Vögel!" sagte der Mann. „Wie sie sich von den Seiten her über Melusine beugen. Und wie die Pflanzen, Tier- und Menschengestalten, jede ganz sie selbst, doch durch die bunten Farben und geschwungenen Linien ineinander fließen."

„Daß Sie gerade diese Malweise so mögen!"

„Ich finde es albern, wenn jemand sie als gestrig abtun will. Und wäre sie von vorgestern oder sonstwoher, ich erlebe sie doch heute. Sehen Sie, das meinte ich vorhin, was uns die heutigen Künstler lehren können: man muß offen sein, alles nebeneinander gelten lassen."

„Zu mir spricht dieses Bild nicht."

„Finden Sie es zu märchenhaft?"

„Ja, vielleicht."

„Gerade das mag ich, daß dieser Maler aus der Wirklichkeit flieht, eine Traumwelt aufbaut, eine Welt ganz fern vom Alltag."

„Das ist nicht der ganze Vogeler."

„Das ist der, der mir gefällt, Vogeler in seiner Jugendstil-Periode."

„Das spätere Werk gefällt Ihnen nicht?"

„Nein. Vogeler war ein Phantast. Und wenn sein Wunschtraum in die gesellschaftliche Welt ausgreift, dann geht das schief."

'Woher dies Harte, Abweisende?' Simone dachte an Vogelers spätere Bilder. Sie verschönerten, verschnörkelten nicht mehr, sie waren rauher gemalt, brachten alltägliche Szenen. „Dann geht es schief?" fragte sie. „Dann trifft es genauer!" Sie verzog den Mund spöttisch. „Ich denke, man soll alles nebeneinander gelten lassen?"

Er lachte. „Ach! Niemand kann über seinen Schatten springen."

„Dann springe ich einmal über Ihren!" Sie mühte sich, Vogelers spätere Bilder zu beschreiben. „Im Lauf der Jahre entblättert er seine Motive, blättert die Träume von ihnen ab, schält sie aus den Ranken heraus."

Der Mann sah sie an. „Schöne Melusine!"

„Jetzt fliehen Sie aus der Wirklichkeit."

„Ja", sagte er.

'Seine tiefe Stimme. Ich höre ihm zu, gebannt. Wie eine

von den Damen, mit denen er auf der besonnten Terrasse den Tee nimmt. Die? Die werden ihn niemals fragen, woher das Geld zu seiner Bildung gekommen ist.'

Simone hat den Kopf aufgestützt. Neben ihr im Bett atmet Sven in ruhigen Zügen.

'Was für ein Gesicht! Melancholisches darin, ab und zu etwas Komödiantisches. Ist er so stark, wie es scheint? Manchmal fühlt er sich in der Defensive, ich habe es gemerkt. Machmal wirbt er um Verständnis. Weil er Verständnis braucht. Aber – von mir?'

Sven bewegt sich ein wenig, eine blonde Strähne rutscht in seine Stirn. Sein Gesicht, bartlos, seine junge Haut.

'Ob er mich begehrt? Weiß nicht. Ich würde mich gern in seinen Armen fühlen. Reisen mit ihm. An eine Küste. Über Felsen zum Meer hinuntersteigen.'

Sven stößt einen leisen Ton aus. Ein wohliger Seufzer? Vielleicht ein kleines Erstaunen im Traum.

'Ich ziehe mich aus. Ich hab' doch gesehen, wie seine Augen mich suchen. Auch er entkleidet sich. Er sieht aus wie der Mann neulich im Schwimmbad, groß, behaart, trainiert, ein kleiner Bauch, den der Körper noch an sich hält. Nein, ficken möchte ich nicht mit ihm – oder doch?'

Der Umriß von Sven unter der Decke. Schmächtig, fast schutzbedürftig. Sie streicht über die Hüfte des Schlafenden. Sie nimmt die Hand wieder an sich.

'Wir laufen den Strand entlang. Sand, endlos reiner Sand. Wind beizt mir die Stirn, die Brandung zerrt an den Füßen. Wohin laufe ich? Mein Mund ist zu groß, meine Augen sind zu groß, ich bin eine Ausreißerin...'

In dem Restaurant in Worpswede standen die Servietten

weiß und steif auf den Tischen. 'Ich wollte gar nicht, daß er mich wieder einlädt. Noch dazu in so ein hochgestochenes Haus...' Simone schob sich auf ihrem Stuhl in eine bequemere Lage, vielleicht könnte sie das unbehagliche Gefühl loswerden. Sie betrachtete die verschieden geformten Kelche vor ihrem Platz, die das Tafelsilber spiegelten. 'Jetzt bin ich eine Dame', dachte sie. 'Jetzt würde ich eine Dame sein, wenn ich eine Dame wäre.'

Der Kellner, der die Karten brachte, mochte ungefähr in ihrem Alter sein. Er schien durch sie hindurchzublicken.

'Ich mit diesem Herrn! Möchte ihm erklären, daß ich eigentlich gar nicht hier hergehöre...'

Sie entschuldigte sich. „Für einen Augenblick!" Beim Hinausgehen schwankte sie ein wenig, streifte den Türrahmen. 'Wäre Sven doch da, an den könnte ich mich halten!'

Im Spiegel die lachsrote Bluse. 'Wie sieht das aus! Zu knallig!' Kaltes Wasser über die Handgelenke laufen lassen. 'Hätte ich nicht doch lieber die gedeckte Bluse von gestern anziehen sollen? *Isabellenfarben* hat der Mann das bräunliche Graugelb genannt. Ach egal!'

Filetsteak mit Pfifferlingen, Broccoli mit sauce à la hollandaise und Kartoffelgratin. Sie mußte grinsen über die Holperworte *Pfifferling* und *Kartoffel* in dieser vornehmen Gesellschaft. 'Aber es schmeckt!'

Sie handhabte das Besteck bewußt, wie sie es vorher nie getan hatte. Ab und zu ein Seitenblick auf den Kellner. 'Den kann nichts wundern. Der ist in Sachen Eßkultur der erste Vertraute der Prominenz. Ich bin für ihn nur die absonderliche Laune eines Feinschmeckers.'

Der Mann sprach von Ideologen, die mit *altbekannter*

deutscher Gründlichkeit Gräben aufrissen. Man solle das Gemeinsame zwischen den Menschen sehen.

„Wollen Sie mich vor Sven warnen?"

„Sie sind frei und werden selber wählen, was für Sie das Rechte ist."

„Das Linke."

„Vielleicht wäre ein Mittelweg nicht abzuraten. Aber ich möchte noch einmal auf Ihre Bemerkung über die Tonalität zurückkommen. Ist es nicht seltsam, wie heute der Dreiklang seine jahrhundertelange Überzeugungskraft verloren hat?" Er kam von der Zwölfton-Reihe auf elektronische Klangfarben-Spiele. „Neue Klänge waren den Komponisten immer schon wichtig. Denken Sie zum Beispiel einmal an das Saxophon, das war eine kleine Revolution", sagte er.

„Ich mag dies Instrument", sagte Simone. „Ich kenne es vom Jazz."

„Wußten Sie, daß sogar Debussy schon für Saxophon komponiert hat? Er nannte es ein *sumpfiges Instrument*."

Er erzählte, er habe ursprünglich Pianist werden wollen. In einem Schülerkonzert sei er mit Teilen aus dem *ludus tonalis* von Hindemith aufgetreten. Er erwähnte seinen Vater: ein toleranter Mann, vor dem er Achtung gehabt habe; er, der ihn als Nachfolger in seinem Betrieb wünschte, hätte ihn Musik studieren lassen. „Aber meine Hände sind nicht gelenkig genug gewesen, da habe ich dann doch in die väterlichen Tasten gegriffen."

Simone hörte die Stimme von Sven. Sie fragte: „War Ihr Vater Nazi?"

Der Mann holte ein kleines Lederetui aus seiner Tasche und zog den Reißverschluß auf. „Er liebte diese Regierung nicht."

„War Ihr Vater in der Partei?"

Er kramte Pfeife, Reiniger und Tabaksdose heraus. „Er hatte Jura studiert. Wenn man in dem Staat damals etwas werden wollte, mußte man in der Partei sein. Er hat im privaten Rahmen getan, was er vermochte, Menschlichkeit zu praktizieren."

„War er Soldat?"

Der Mann lächelte. „Das ist ja wieder so ein Verhör! Als der Krieg ausbrach, hatte mein Vater gerade eine leitende Stelle in der Industrie angetreten. So war er *unabkömmlich* und konnte sich seiner Arbeit widmen."

'Konnte seine Karriere in der Industrie weiterbetreiben!' Sie fragte: „Was war es denn für ein Produktionszweig?"

Er stopfte seine Pfeife. „Und wenn es nun tatsächlich ein Betrieb gewesen wäre, der unter anderem auch kriegswichtige Dinge herstellte? Lassen Sie doch die Vergangenheit ruhen! In die Zeit können Sie und ich uns nicht mehr hineinversetzen." Er drückte den Tabak fest und zündete ihn an. „Seither haben Waffen uns den Frieden bewahrt. Und jetzt ist die Stunde gekommen, die Bundeswehr zu reduzieren. Jetzt wird Ihre Friedensbewegung arbeitslos."

'Und jetzt! Und jetzt! Jetzt ist es genug!' Lange und laut sprechen wollen, aber nur zwei heisere Sätze herausbringen. „Die hat noch genug zu tun! Noch ist kein Panzer verschrottet!"

Er faßte ihren Arm. „Wenn du wüßtest, wie schön du bist in deinem Zorn!" sagte er. Und schnell: „Möchten Sie ein Glas Wein? Rhein oder Mosel? Nehmen wir Mosel?"

Der Kellner schenkte einen Probeschluck aus der Flasche ein. Der Mann nahm das Glas; die Nase über dem Rand, schloß er die Augen. Es schien, als dächte er über das Aroma nach.

'Gepolsterte Stühle, Seidentapeten! Ich will mir meine Gedanken nicht wegschmeicheln lassen. Ich sitze hier nicht anders als in einem x-beliebigen Wartesaal. Auch wenn Sven nicht da ist, ich will an der Arbeit bleiben.'

„Es ist schwer", fing sie an, „Menschen wirklich zu beurteilen. Mich zum Beispiel. Ich weiß doch selber nicht, ob ich im Asta mitarbeite, weil ich es als Pflicht ansehe oder weil es mir mit den Kommilitonen Spaß macht, wenigstens manchmal. Vielleicht stehe ich auch nur gern im öffentlichen Licht."

Der Mann hörte zu. Hörte er zu?

Simone redete. Hin und wieder trank sie etwas. 'Der rote Trakya gestern? Zu dem hatte ich kein Verhältnis, hab' ein Glas nur so aus Geselligkeit mitgetrunken. Aber dieser Mosel?' Sie schob den fremden Geschmack im Munde hin und her. Sie fand darin etwas Bekanntes, das sie noch nicht gekannt hatte, eine Farbe, herb und eigen. 'Sven, warum bist du nicht da?' Sie trank nur wenig. Sie wollte das Gefühl nicht verschwimmen lassen, wollte es bewahren, das Gefühl einer Einsamkeit, in der sie nicht allein war. Weil sie Sven besaß. 'Aber ich besitze ihn ja gar nicht...'

„Ob er vielleicht einen pharmazeutischen Betrieb hat?" fragt Sven. „So eine Giftfabrik, die Unmengen von Medikamenten unter die Leute bringt, oft alte Präparate unter neuem Etikett, nur etwas anders dosiert?"

Sven als Richter in einem Tribunal, das den Angeklagten in einen Gerichtssaal zitiert, wo dieser mit den beredten Gesten der Pianistenhände seine Unschuld beteuert. 'Nein! Der verteidigt sich nicht. Beiläufig streut er Sätze hin: *Was wollen Sie, ich besitze den Blick für Zusammenhänge, ich arbeite hart, ich trage Verantwortung.*'

„Die gehen über Leichen", sagt Sven, „kaufen sich positive Forschungsergebnisse, bestechen die Ärzte mit Geschenken, laden sie zu Tagungen in Luxushotels ein."

„Ach, hör doch auf!" sagt Simone. Sie wischt seine Gedanken vom Tisch der Pinte, in der sie ein Bier trinken, scheucht sie in den Hintergrund des Raumes, zu den vagen Gestalten an den anderen Tischen. „Manchmal nervst du mich so als Inquisitor."

Sie schweigen. Ihre Finger spielen mit Biertellern, ihre Nägel kratzen darauf herum, umranden Buchstaben in der Werbeschrift.

'Immer Svens lückenlose Ordnung, Satz auf Satz, Punkt für Punkt. Und wenn man aus dieser Ordnung hinaustritt, ist sie schon zerbröckelt. Ich für mein Teil weiß, daß meine Argumentation löcherig ist. Große, schwarze Löcher.'

Sven hat auf seiner Scheibe ein großes R gerändert. Er zeigt es. „Revolution!" sagt er und grinst ein wenig. Simones Fingernagel hat ein T umrundet. „Trauer", sagt sie. „Vielleicht."

„Wieso?" fragt er.

Stimmengemurmel, gedämpftes Klappern von Tellern, Klirren von Bestecken. Und dies seltsame Schmurgeln? Kam von dem Saft des Tabaks in seiner Pfeife. Der Mann rauchte.

'Er produziert Qualm. Er weiß natürlich, daß das schädlich ist. Warum raucht er? Kommt es aus einer inneren Unruhe?' Simone grinste. 'Sven würde ihm vielleicht unterstellen, er sei an Tabaksfirmen beteiligt.'

„Ich bin mit Ihnen gegangen", sagte sie, „weil ich wissen wollte, wie solche Leute denken."

„Was für Leute?"

„Solche wie Sie."

„Was sind denn das für welche?"

Simone antwortete nicht.

„Haben Sie es herausbekommen?"

„Nein." Nach einer Pause: „Aber ich habe eine Vermutung. Daß Sie genauso sind wie die meisten Menschen. Sie verschließen Ihre Augen vor dem, was unangenehm sein könnte an den Folgen Ihres Tuns."

Sein Lächeln. „Wenn ich so bin wie alle anderen, dann bin ich ja auch wie Sie."

„Nur: in Ihrer Hand liegt das Wohl- oder Schlechtergehen von Leuten, die glauben, sich auf Ihren Weitblick verlassen zu dürfen."

„Was könnte ich denn für diese tun?"

„Sie haben doch das Wissen, um im Großen zu planen."

„Sie können sich ja denken, was ich von Planwirtschaft halte."

Simone griff nach dem kleinen, schwarzen Etui für das Pfeifenzubehör, fuhr mit den Fingern über das geschmeidige Leder. „Ich glaube", sagte sie, „wir sind den Menschen in den neuen Bundesländern nicht gerecht geworden." Nach einer Weile: „Kennen wir die Motive, aus denen heraus Menschen handeln? Zum Beispiel der pflichtbewußteste Mensch organisiert doch immer zugleich seine eigene Karriere mit."

„Da haben Sie recht. Aber was hat das mit den Bundesländern im Osten zu tun?"

„Wir wissen nicht, ob einer einfach nur blind handelt, ob ihn jemand blind macht oder ob er sich bewußt selber blendet." 'Wahrscheinlich', dachte sie, 'gibt es da gar keine deutlichen Unterschiede. Sven. Sein Blick geht in die Zukunft, wie ein Scheinwerfer. Sieht er die Zukunft wirklich? Erscheint ihm dabei nicht vor allem sein eigenes Bewußtsein voller Grundrisse und Baupläne?'

„Machen Sie die Sache nicht zu kompliziert?" fragte der Mann. „Die Gesamtheit der Menschen in der DDR hat eben eine gewisse Schuld auf sich geladen. Sie hat sich auf dieses System eingelassen."

„Nein! Sie hat sich nicht, sie war in dieses System eingelassen."

„Und die Dissidenten, die Widerstand geleistet haben? Es waren wenige. Aber sie setzen den Maßstab."

'Er stellt ein Ideal auf. Aber daß sein Vater in der Nazizeit nicht danach gehandelt hat...'

„Warum immer zurückblicken?" fragte er. „Die marode Wirtschaft drüben wird in Schwung kommen. Vor allem: die Leute dort sind jetzt frei, können endlich ihr eigenes Programm machen, nicht nur immer eins ansehen, das man ihnen vorsetzt." Seine Pfeife war ausgegangen; er strich ein Zündholz an, setzte den Tabak im Pfeifenkopf aufs neue in Brand.

'Man sitzt doch immer nur vor Programmen, die andere entworfen haben, die sie wieder von anderen übernehmen, die sie wiederum...' Das großräumige, von der flackernden Flamme beleuchtete Gesicht. 'Darin hätte ich mich fast verirrt!' Simone nahm ihr Glas, goß den letzten Schluck hinunter.

„Was denken Sie?" fragte der Mann. „Sie sind so still geworden."

„Was tut die Mehrheit der Menschen denn jemals anderes als –" 'Was ist mit meiner Stimme? So rauh, so gepreßt?' „– als vor dem Theater zu sitzen, das ihr geboten wird? Ob Priester Kathedralen errichten lassen. Ob Funktionäre Jugend-Festspiele organisieren. Ob Firmen Violinkonzerte sponsern."

Sie brach ab. 'Oder ich auf der Terrasse, die Villa anstaunend, plötzlich sehe ich die Berankung genau, Clematis, wunderbar, und die hübschen Sprossen in den Fenstern, durch die geöffnete Tür der Flügel: ludus tonalis!'

Wieder die Stimme neben ihr. „Ich räume ein, ich verwende den Begriff Freiheit, ich durchdenke ihn nicht jedesmal bis auf den Grund, ich brauche ihn zum Handeln."

'Ah! er räumt ein, er zeigt sich verbindlich, er will ehrlich sein.'

„Und handeln, das heißt immer, nach Annahmen vorgehen. Ob man richtig liegt, lehrt die Geschichte erst im nachhinein."

Der Mann deutete auf ihr geleertes Glas. Sie schüttelte den Kopf.

„Die Hände der Handelnden", sagte sie, „egal ob in so oder so einem System, sind immer schmutzig. Es kommt nur auf den Blickwinkel an, in welchem System der Dreck plötzlich als unerträglich erscheint."

„*In so oder so einem*, haben Sie gesagt? So weit würde ich nicht gehen."

'Würde? Wird er nicht! Kann er nicht! Darf er nicht! Er hat wie mit einem leichten Zögern gesprochen. Er möchte sich gern mit mir einig fühlen. Aber es geht mich nichts mehr an. Das ist ein Film, in dem ich nicht vorkomme. Da sitzt er, ein Fremder, trinkt, spricht, die Kamera gleitet über seine Züge, seine Gestalt, er raucht, er produziert bläuliche Wolken, er löst sich langsam in Rauch auf...'

„Mensch, könnt' ich nur rauskriegen, was für ein Werk der Kerl leitet!" sagt Sven. „Oder wenigstens, zu welcher Hauptversammlung er hierher gekommen ist. Da hat doch gerade die Hako-Holz-AG eine HV gehabt. Die importiert allerdings nur nordische Hölzer – also nichts mit Kahlschlag von Tropenwäldern. Aber vielleicht sitzt er in Düsseldorf im Bundesvorstand des Holzhandels? *Da bin ich natürlich für selektiven Einschlag*, wird er sagen, *das dient der dortigen Bevölkerung*. Mein Herr: solange die Industrienationen 70% der Weltenergie für sich verpulvern, haben die armen Nationen keine Wahl, als ihre Regenwälder zu vernichten! Ach, Scheiße! ich kann vorbringen, was ich will –

Hast du gehört?" fragt er. „Einmal ist ihm ein Halbsatz entrutscht: *Ihre Ansichten, ja – Ihre Aktivitäten, nein*. Das ist sein Begriff von Freiheit. Und sein *ritterliches Gehabe* dir gegenüber? Ein Gehabe von gestern. Zum Schwertadel fällt mit nun wirklich nichts mehr ein. Und beim Finanzadel mußt du halt Schein durch Geldschein ersetzen."

Der verabredete Treffpunkt: eine Kneipe im Stadtzentrum, die Simone und Sven gelegentlich besuchten. Linoleum, Holztische, Lederbänke. Wie würde sie dem Mann gefallen? Simone forschte in seinem Gesicht, er ließ sich nichts anmerken. Er ging auf Sven zu, der aufgestanden war, begrüßte ihn.

Simone nahm einen Platz ihnen gegenüber. 'Ich muß beide sehen können.'

„Darf ich Sie zu einem Bier einladen?" fragte Sven.

„Für mich bitte nur ein Wasser", sagte Simone.

Der Mann: „Vielen Dank! Als Autofahrer nehme ich jetzt lieber auch nur ein Wasser."

„Wasser?" Sven grinste. „Das hab' ich hier noch nie getrunken. Also: Sie bleiben dabei, daß wir Pressefreiheit haben? Wissen Sie, wer den Zeitungen die meisten Meldungen liefert?"

'Ach, wieder diese Sprache! Es ist ja gut, daß es bei Sven keine Worte wie *nobel* gibt, wie *höflich*. Aber es fehlen andere Worte. Welche? Ich weiß nicht, welche...'

„Gewiß", sagte der Mann, „die Deutsche Presse-Agentur."

„Und wer ist das?"

„Wer das ist? Eine AG, von deren Stammkapital kein Aktionär mehr als 1,5% besitzen darf."

„Ja! Und viel mehr besitzen auch die Gewerkschaften und die Funkanstalten nicht." Sven sprach schneller, seine Stimme kam in eine höhere Tonlage. „Aber die kommerziellen Verleger verfügen über 85% der Anteile."

'Er hatte doch nachmittags und abends Vorlesungen? Er hat sich regelrecht auf diese Begegnung vorbereitet.'

Der Mann sagte: „Die Verleger stehen ja in Konkurrenz zueinander. Das haben Sie übersehen."

Simone schob ihr Glas auf dem Tisch hin und her. 'Hab' ich gedacht, er wäre schlank? Dort auf der Terrasse? Dort an dem Strand?' Sie sah mit einem Mal sein breites Kreuz, seinen massigen Nacken.

„Soweit es bei der Konzentration im Pressewesen noch Konkurrenten gibt", sagte Sven, „haben alle das gleiche Interesse: Mediengesetze, die ihnen erlauben, die Gesellschaft rücksichtslos als Markt zu behandeln."

„Es gibt ja noch andere Medien, zum Beispiel die öffentlich-rechtlichen Sender."

„Deshalb protegieren die Unternehmer und ihre Politiker auch das angeblich unpolitische Privat-Fernsehen, das *größere Vielfalt der Programme* bringen soll."

„Was für ein Interesse sollten sie daran haben?"

„Die breite Masse abzulenken."

'Wird er ärgerlich? Er sitzt da wie immer, anscheinend aufmerksam, ganz in Form. Nur daß er die unteren Augenlider in die Höhe gezogen hat, als säße er hinter einer Schutzwand.'

„Woher wissen Sie das denn alles", fragte er, „wenn nicht aus Ihrer linken Presse?"

„Zeitungen in Miniauflagen, ständig bedroht vom Bankrott."

„Nun gut! Risiken tragen wir alle. Nehmen wir sie auf uns!" Der Mann ergriff sein Glas. „Auf die Freiheit!" sagte er. „Freiheit für Sie, für mich, für die Kunst, für die Presse!"

Simone faßte nach ihrem Wasser, Sven zeigte erklärend auf sein schon geleertes Bier.

Der Mann trank aus, blickte zur Uhr. Er hob bedauernd die Schultern. Der Urlaub, den er sich zugemessen hatte, schien abgelaufen zu sein. Ein Lächeln verzog seinen Mund, ohne Kraft, die Wangen zu verschieben. Er bedankte sich bei Sven *für die Bewirtung*, stand auf, gab ihnen die Hand.

„Wohin geht er?" Sven weiß es genau: er geht in irgendeine Hauptversammlung, argumentiert für Erhöhung der Dividenden und gegen Aufblähung der Personalkosten.

'Werks-Direktor, Vorstands-Vorsitzender, Aufsichts-

Rat. Wohin er geht? Was weiß ich. Er wird in seinen Wagen steigen, eine Schnellstraße nehmen. In der Straße hinten sehe ich seinen Wagen, er soll sich noch einmal umdrehen...'

Sven sagt: „Der hat eine ganz schöne Schau vor uns abgezogen. Du bist eingeschüchtert, vielleicht sogar verführt. Aber was bleibt von Gefühlen, die Personen über Personen haben, wenn dazu nichts Gemeinsames kommt?"

'Der Spiegel in der dämmerigen Diele, mein Gesicht im Rahmen, ich habe geglaubt, es zu kennen, er ist herangetreten, er steht hinter mir, sein Gesicht neben meinem, der Rahmen kann es nicht fassen...'

Sven sagt: „Sein Abendessen hat gut geschmeckt. Er wird es unter Reisespesen verbuchen. Und seinen Golfplatz und seine Reitpferde kann er sich an den Hut stekken. Er wird ja ohnehin nicht ständig mit dieser Sommermütze rumlaufen."

'Seine Mütze, er hat sie in die Stirn gerückt, er hält sich bedeckt. Er ist weggefahren, er hat ein Stück von mir mitgenommen, meinen Schal, meine Jacke, ich hatte gar keine an, ich bleibe zurück in der dünnen Bluse...'

Das Foto

Zeitungen, Fotos, Kassetten, es lag zu viel herum. 'Muß endlich aufräumen!' Achim verstaute, was sich verstauen ließ. Er wischte Staub an den sichtbaren Stellen.

'Ist die Farbe der Gardinen nicht etwas eintönig?' Als Vera ihm damals den beschen Stoff mitbrachte, hatte er ohne langes Überlegen zugestimmt. 'Ach, es sieht eigentlich doch ganz solide aus.' Von Vera stammte auch das farbige Plakat *Hundert Jahre 1. Mai*, er hatte es mit Klebestreifen an der Wand befestigt.

'Veras Foto kommt wieder vor die Bücher im Regal.' Das war schon immer sein Platz, seit er hier wohnte. Als er einzog, hatte er es so gestellt, daß man es vom Sessel aus gut sehen konnte, und gleich, wenn man zur Tür hineintrat.

Vera. Ihr klares, strenges Gesicht. Achim hatte sie in den vergangenen Jahren häufig fotografiert. Anfangs schätzte sie das nicht sehr, hielt manchmal sogar die Hand vors Gesicht oder drehte sich zur Seite. Später fand sie mehr und mehr Gefallen daran. 'Da sind mir aber auch schöne Bilder gelungen!'

Achim rückte den Sessel zurecht. Er blickte sich um. 'Alles wieder im Lot? Wenigstens so einigermaßen?'

Als Achim Vera kennenlernte, war sie noch zur Schule gegangen. Jetzt stand sie vor dem Abschluß ihrer Lehrzeit als Kauffrau, er hatte seine als Kaufmann vor zwei Jahren abgeschlossen.

Sie trafen sich mehrmals in der Woche. Meist holte er

sie bald nach Büroschluß ab. Er fuhr mit seinem alten VW nicht bis an das Haus heran, er wartete hinter der Straßenecke. 'Ihre Alten – wenn die mich sähen, bekäme sie wieder was zu hören.'

Das Haus, klein, fast nur ein Parzellenhäuschen. Vera kam durch den Garten, den Buchsbaum-Pfad durch den gepflegten Rasen. Links eine buntbemalte Windmühle, rechts eine Schubkarre voller Petunien und Kapuzinerkresse.

Vera, wenn sie ihn umarmt, die ganze Vera, wie sie denkt, wie sie spricht, straff und voll, nirgendwo ein Knausern, ein Ausweichen. 'Nur wenn sie nicht will, dann will sie nicht.'

Eine Etage über Achim war Almut eingezogen. Er traf sie auf der Treppe, an der Haustür. Sie grüßten sich, blieben auf dem Treppenabsatz oder am Geländer stehen, kamen ins Gespräch. Das Wetter, das alte Haus, die anderen Mieter. Einmal fragte Almut nach einem Schraubenzieher, trat in Achims Wohnung.

'Was hat sie für eine lustige Sprache! Sie klönt nicht, sie *schwätzt*, den Dienstag nennt sie *Dienschtag*, Haus heißt bei ihr *Häusle*.'

Almut warf mit flinker Hand ihr Haar zurück. Sie erzählte von ihrem Freund. „Thomas", sagte sie, „studiert in Freiburg."

Achim kannte Freiburg. 'Die schnellen, klaren Bäche, die in Rinnen überall durch die Fußgängerzone fließen, ihr Rauschen an den Stufen. Eine freundliche Stadt!'

Vera saß am liebsten auf dem Sofa, die Beine im Schneidersitz gekreuzt. Sie hatte heute viel zu berichten. Sie sprach vom Leiter der Jugendgruppe der Gewerkschaft, in der sie beide organisiert waren. Wie er zuhören konnte! Wie er die Leute öffnete! „Ich spüre seine Wärme", sagte sie. „Er schafft um sich das Klima, für das er politisch kämpft."

'Ich mag ihn auch. Im Augenblick interessiert er mich nicht. Übrigens kann er sicher auch mal abweisend sein, immer ein offenes Ohr, das hat kein Mensch.' „Ach, weißt du", murmelte Achim, „manchmal gehen einem solche Leute auf den Wecker, die immer Klartext reden.'

Vera erzählte: „Die Post will die ausgelernten Fernmelde-Handwerker nur 24 Stunden in der Woche weiterbeschäftigen." Ihre Gruppe hatte sich mit jungen Kollegen von der Postgewerkschaft getroffen. „24 Stunden! Das ist nichts anderes als Teilzeit-Arbeitslosigkeit. Die Azubis waren ganz schön sauer."

'Sie sagt *HBV*, sie sagt *DPG*. Hab ich auch schon hundertmal gesagt. Klingt eigentlich seltsam trocken. Und unsere Gruppe? Thorben mit seinem fettigen Haar, wie angeklebt, das spitze Kinn von Maike...'

Er blickte auf Veras Foto. 'Sie weiß nicht, daß ich angefangen habe, Almut zu fotografieren.' Er war aus dem Sessel aufgestanden und ging im Zimmer umher. Er sagte: „Ich habe mich in Almut verliebt."

Vera ballte die Faust. Hob sie, ließ sie herabfallen. Preßte zwischen den Lippen ein unverständliches Wort hervor.

Achim lehnte an der Tür. Durch das Holz spürte er das Treppenhaus, in das Almuts Zimmer mündete. Er lauschte. 'Ein Schritt kommt, kommt, steht einen Augenblick, geht...'

Vera hatte die Ellenbogen auf die Tischplatte gestützt,

das Gesicht in den Händen. Der kleine Knopf in ihrem Ohr blinkte wie eine Träne.

Er stieß sich von der Tür ab. 'Ich will ihr sagen, daß Almut einen festen Freund hat. Daß er in drei Monaten hierher kommen wird.'

Er ging in die Küche, öffnete eine Flasche, spülte Gläser aus. Er bewegte sich langsam. 'Almut. Behende, schlank. Ihr langes, dunkles Haar. Der Schwung, mit dem sie es über die Schulter schwenkt...'

Er brachte Vera einen Apfelsaft. Sie fragte mit ruhiger Stimme: „Was macht sie?"

„Sie ist Erzieherin in einem Kindergarten, ihr Freund studiert in Freiburg. Er wird in einem Vierteljahr nach hier übersiedeln. Dann will sie mit ihm zusammenziehen."

„Ist sie in der Gewerkschaft?"

„Weiß nicht."

„Hast du sie nicht danach gefragt?"

Die Handbewegung, mit der sie das Glas zum Munde führte: gradlinig, entschlossen.

'Ich liebe Vera. Ich muß es ihr sagen. Muß einen Unterschied machen zwischen Lieben und Verliebtsein.' Er setzte sich zu ihr auf das Sofa. Sie rückte nicht weg.

Auf den raschen, flüchtigen Schritt im Treppenhaus horchen. 'Almut hat kaum Bekannte in dieser Stadt. Sie ist abends oft zuhause.' Es gab viele Möglichkeiten ihr zu begegnen.

„Hast noch ein bißchen Zeit?"

„Ja."

'Wie kräftig ihr Händedruck! Unerwartet bei dem leichten Gang.'

Sie saßen in seiner Küche. Almut streckte sich in dem

alten Korbstuhl, atmete tief ein, ließ die Luft hörbar ausströmen; es klang halb wie ein Ah, halb wie ein Ach. Sie lächelte. „Wir sind alte Nachtraben, was?"

Unten fuhr eine Straßenbahn vorbei. „Als Kind wollte ich Fahrerin werden", erzählte Almut. „Nicht Busfahrerin. Busse gehören zu den Autos, und Autos drängen sich überall vor, verstellen die Fußwege, stinken."

'Was will sie? Geht das gegen mich? Gegen meinen Wagen?'

„Schienenfahrzeuge", sagte Almut, „besonders, wenn sie auf eigenem Gleiskörper fahren, besitzen eine gewisse Würde."

'Sie sagt tatsächlich *Würde*! Meint sie das ernst?'

„Ein Auto ist nichts als eine Ichprothese."

'Was sie für seltame Gedanken hat!'

Almut berichtete vom Kindergarten. Der kleine Sebastian, der sie heiraten wollte. Die kleine Karen, die weinte, weil Almut ihr das Salzfaß nicht gab; als ihre Tränen in die Suppe fielen und Almut sagte: „Jetzt hast du doch Salz drin", mußte sie wieder lachen.

'Das Grübchen in ihrer Wange, wenn sie spricht. Ihr Ohr, ich mag, daß es so knapp ist, ohne Läppchen.'

Wenn Almut an ihm vorbeimußte, beim Durchqueren der Küche, wenn sie sich zwischen seinem Stuhl und dem Herd hindurchzwängte, tätschelte sie ihm die Schulter, strich auch mal über sein Haar, wie bei einem Kind, das man im Vorübergehen streichelt.

Achim redete. Er redete von dem Brot, das er den Spatzen in der Dachrinne hingebrockt hatte. 'Weil sie so nett von ihren Kindern spricht.'

Redete vom Fotografieren. 'Will bald mal Aufnahmen von Straßenbahnen machen.' Fragte nach dem Krimi, den

Almut gerade las. 'Ich werde ihn mir auch kaufen.' Redete über Reisen, über Freiburg und den Schwarzwald.

Einmal, als sie an ihm vorbeiging, faßte er ihre Hand, berührte sie mit den Lippen.

Meist trafen Vera und Achim sich am späten Nachmittag. Wenn er sie nicht mit seinem VW abholte, kam sie mit dem Bus. Sie kochten oder brieten in Achims Küche, nun gemeinsam, nun sie, nun er.

„Habt ihr euch schon mal geküßt?"

„Nein! Was denkst du! Will ich doch gar nicht!"

Sie sprachen darüber, was sie im letzten Halbjahr in der Jugendgruppe diskutiert hatten. Über Gewalt. In Diktaturen ließ sie sich rasch ausmachen: dort versucht der Staat, die Menschen schon als Kinder zu drillen. In der Marktwirtschaft war es schwerer zu erkennen, wer die Menschen dressiert: die Angst um den Arbeitsplatz und die Verführung zum Konsum.

„Es ist auch Gewalt", sagte Vera, „wenn Importeure bei uns 10 Mark für das Pfund Kaffee kriegen und die Produzenten in Afrika oder Südamerika ein paar Pfennige."

Achim nickte. „Wohin du kuckst: Gewalt. Es scheint alles so hoffnungslos zu sein."

„Nicht alles!" Vera küßte ihn.

Sie drängten sich aneinander, stürzten ineinander, zwei Körper, als wäre es ein einziger; alles, was nicht sie selber war, fiel von ihnen ab, wenn sie fickten. Wußten sie Worte dafür? Einfache Worte: „Wir schwimmen wie im Meer!" – „Im Glück!" hatte die Antwort gelautet.

Jetzt, wenn die Nacht kam, wurde er unruhig. 'Es ist gut, daß Vera nicht mag, wenn es zu spät wird.' Er brachte sie nach Haus. Er kürzte ihre Zärtlichkeiten im Wagen ab. Er raste zurück, durchschnitt den Verkehr.

'Almut hat gesagt', dachte Achim, 'sie liebe klare Verhältnisse. Aber hat sie nicht angedeutet, sie habe nebenbei auch einmal eine Affäre...'

Er dachte: 'Noch gut zweieinhalb Monate, zehn Wochen, endlose Tage...'

Almut, die sich Wein aus der Flasche einschenkt, die Drehung, mit der sie den Strahl abstoppt, kein Tropfen wird verschüttet... Almut, wie sie das Glas hält, einen Schluck nimmt, den Wein die Kehle hinablaufen läßt... Almut, die ihn anfüllt, ein Viertel Rotwein ein Glas, purpurnes Rot ein farbloses Glas...

'War ich gemein zu Vera? Gemein? Ich war ehrlich. Wir wollten uns immer alles sagen.'

Achim auf dem Sofa, die Arme hinter dem Kopf verschränkt. Er versuchte, seine Blicke auf Veras Foto zu sammeln. Erst sah sie aus wie eine Klagende, eine Verstoßene. Unversehens schlosen sich ihre Züge, wurden fest.

'Ich muß sie halten, ja. Aber mir zugleich vom Leibe – nein, ich meine, ein wenig weiter weg halten.'

Einen Augenblick der Gedanke, es wäre gut für ihn, zurechtgewiesen zu werden für diese Gemeinheit, leise und klein gemacht.

'Was denkt sie von mir? Verachtet sie mich?'

Er zog die Hände unter dem Kopf hervor, warf sich auf dem Sofa herum. 'Sie hat selbst Schuld. Warum ist sie in der letzten Zeit so launisch, so bissig.'

Er erhob sich, holte Bilder hervor. Almuts Kopf vor der beschen Gardine. Fotos von Birgit, einer früheren Freundin. Vera im vergangenen Sommer bei einer Ausfahrt. Die Kleidung, die sich bei Almut locker um den Körper bewegte, lag bei Vera eng an. Immer wieder hatte er festgehalten, wie ihre Bewegungen die Hosen und den Pullover strammten.

Er war froh, daß Vera am nächsten Tag nicht kommen konnte, ihre Mutter hatte Geburtstag. Ihre Eltern! Er wußte, was die Eltern dachten, was sie denken wollten: er, Achim, habe Vera zum Eintritt in die Gewerkschaft überredet. In Wahrheit hatte sie ihn beeinflußt. Eine Zeitlang machte ihm die Mitarbeit Spaß, war ihm die Jugendgruppe wichtig gewesen. Er hörte Veras Frage: „Warum kommst du nicht mal wieder mit? Jetzt, wo wir beraten, wie wir den Postleuten helfen können."

Warum? Achim schluckte. Weinen? Ja. Er weinte.

Ins Bad gehen, kaltes Wasser über sein Gesicht laufen lassen. Er pißte. 'Ich Dummkopf, wollte doch immer im Sitzen pissen!' Er kniete und wischte die Spritzer von Boden und Beckenrand. Für Sekunden wurde er seine Unruhe los.

Er lehnte an seine Bücher neben Veras Bild ein Foto der früheren Freundin. 'Das ist wirklich eine objektiv gelungene Aufnahme!'

Spätabends in das Gelände des Alten Hafens fahren. Leere Straßen, verödete Becken, wenige Schiffe. Achim geht rasch, einige Male läuft er eine Strecke. Unter dem Nieselregen glitzert das Pflaster. Ein graues Schnellboot am Kai, die Trikolore über dem Heck. Der französische Wachtposten tritt auf der Stelle, die Arme über der Brust zusammengelegt. 'Hätte ihn gern fotografiert, so verlassen, wie er dasteht.' Auf der anderen Straßenseite bremst ein

Auto, an der Tür das Firmenzeichen einer Spedition. Eine Frau steigt aus, steckt einen Armvoll Post in einen Kasten. Und wenn sie den Kram wegschmisse? Lagerhallen, Bahnschienen, kein Mensch. Nur einmal überquert eine Frau, gestiefelt und mit kurzem Rock, die Gleise, ihr Blick schätzt ihn ab, sie stöckelt weiter.

„Ich hab den Kindern ein Grimmsches Märchen vorgelesen", sagte Almut, *„Der Geist im Glas.* So richtig gruselig gelesen." Sie gab ein paar Sätze mit verdunkelter Stimme wieder.

Ihr Fuß war an den Tisch gestoßen. Achim sah, wie der Wein in der Flasche schwappte. Im dunkelgrünen Glas reckten sich Glieder, Hände fingerten nach einem Ausgang, glitten an der Wandung ab.

„Die Kinder wollten es darstellen. Ein Junge hob sich auf die Fußspitzen, streckte den Hals, breitete die Arme aus, schrie hu-hu! – er fühlte sich riesig wie der Geist. Aber zuerst mußte er ja in die Flasche hinein. Wir steckten ihn in einen Wäschekorb, legten den Deckel drauf."

'Der gläserne Bauch, in dem der Geist auf- und niederspringt, er will befreit werden, er muß drinbleiben, der Korken darf nicht rausgezogen werden, auf keinen Fall!'

„Wie es im Märchen heißt, sollte er *in einem dumpfen Ton rufen: Laßt mich heraus*! Unvermutet war es Ernst für ihn geworden. Er rief –"

'Woher kennt sie die Stimme, die dünne Stimme, angstvoll, flehend – ?'

„– ich will raus! ich will raus!"

Vera hatte Achims Album hervorgesucht, sah sich seine

Fotos an. 'Von Almut wird sie keine Bilder finden, von Almut hab ich nichts eingeklebt.'

Achim lehnte sich im Sessel zurück, beobachtete Vera. Auf ihrem gerstenfarbenen Pullover führte eine grünblaue Biese von der Schulter herunter, das Grün, das Blau brach auf dem Oberarm ab.

Er sah Veras Lippe zucken. 'Jetzt scheint sie bei Birgit zu sein, das ist lange her.' Nach einer Weile stieß sie einen kleinen, rauhen Laut aus. 'Welche Aufnahme sieht sie gerade?'

Achim trat hinter sie, blickte ihr über die Schulter. Das Foto zeigte sie selbst, den Kopf zur Seite gedreht, wie überrascht von etwas, das außerhalb des Bildes blieb, mit geöffnetem Mund, als wolle sie rufen.

Er neigte sich und berührte ihr Ohr mit der Zungenspitze. Er konnte ihr Gesicht nicht sehen.

'Almut wird gehen, wenn ich nichts sage. Sie hat schon gegähnt. Ich muß etwas erzählen.'

Ein Spaziergang durch das Parzellengebiet. Die langen, geraden Heckenwege zu einem Wirtsgarten. Ein Glas Rotwein, das er dort getrunken hatte, ein zweites, das er bestellte, die Wirtin, die ihm die Flasche in den Garten brachte: *Schenken Sie sich ruhig selber nach, für ein Glas reichts wohl noch.* „Das dritte ist noch bis über die Hälfte voll geworden! Ich wollte dafür zahlen, sie winkte ab."

„Nett!" sagte Almut. „Hab direkt Lust gekriegt auf einen Schluck. Aber nur noch einen." Sie goß sich ein. „Hab nie gemerkt", sagte sie, „daß du so ein Säufer bist. Du trinkst doch gar nicht soviel?"

'Wollte nicht vom Trinken erzählen, wollte von der Wirtin erzählen. Wie sie an der Tür erschien, wie sie sich ins

Haus wandte, mit der Flasche zurückkam, das alte Gesicht mit der gegerbten Haut, das verhaltene Lächeln: *Trinken Sie nur, das hilft gegen Liebeskummer.*'

„Diese Wirtin", sagte er, „diese Wirtin..." Die Hecken auf dem Rückweg hatten nicht den Hecken auf dem Hinweg geglichen, sie drängten heran, winkten ihm zu, bewegten sich mit ihm, 'Wir kennen das Ziel!'

„Laß mich heut' mal machen!" Veras zügiger Schritt auf den Fliesen der Küche. Ihr energischer Zugriff auf Töpfe und Pfannen.

Achim stand eine Weile herum, setzte sich dann in den Sessel. 'Hätte gern gekocht, am Herd hantiert.' Jetzt hatte er nichts, was ihn ablenkte.

Vera hatte vom Geburtstag ihrer Mutter berichtet. Achim war auf das Thema Geburtstage eingegangen. Wie seine Mutter sich immer abmühe, irgendein Geschenk für ihn auszusuchen, das er sich selber viel besser kaufen könne, wie sein Vater dabeistehe, pflichtgemäß eine Gratulation anbringe... Vera hatte ihn unterbrochen: „Bei uns ist das noch viel schlimmer! Mein Vater will dabei immer seine moralischen Sprüche loswerden. Ich halte das bald nicht mehr aus!"

'Soll sie doch selber damit fertig werden!'

„Kannst kommen!" Die Küche – 'Der Tisch? Ach ja, hier. Will mir den Stuhl da nehmen. Das Omelette mit Champignons, schmeckt gut, wer hat es gebacken?'

„Am Montag waren wir wieder mit den Azubis von der Post zuammen", sagte Vera. „Sie planen eine Protestwache auf dem Marktplatz. Wir haben unsere Hilfe zugesagt. Rund um die Uhr Wache schieben, Flugblätter verteilen, Unterschriften sammeln. Machst mit?"

„Will es mir vornehmen. Es ist wichtig."

„Wir haben schon alles organisiert", sagte Vera. „Zelt, Infotische, Stelltafeln, Transparente. Ich werde bestimmt dabeisein."

Almut, wie sie im Korbstuhl vor ihm sitzt. „Übrigens kenne ich das Gartenlokal, von dem du neulich erzählt hast. Diese weißen Tische unter den Kastanien. Da hatten wir mal ein Betriebsfest."

„Vielleicht können wir demnächst da zusammen hingehen", sagte Achim.

Sie sah zum Fenster. „Läßt sich wohl mal machen."

Darauf warten, daß sie weiterspricht, daß ihre Lippen sich spalten, die Zähne aufscheinen, ein Lächeln zu ihm kommt... Sich ihr näher beugen, die Hand ausstrecken, das Haar berühren...

Seine Hände, er wollte sie im Schoß zusammenbringen; die Finger verweigerten sich. Achim wühlte die Rechte in die Tasche.

'Sie hat nicht ausgeschlossen, daß wir einmal etwas unternehmen, eine Ausfahrt, einen Film oder diesen Spaziergang durch die Parzellen: *Läßt sich wohl mal machen...*'

Jetzt, unter der Lampe, Almut hatte die Füße auf einen Stuhl gelegt, mit einem Mal die Beine.

'Sie an mich ziehen, aus der Küche, ins Zimmer -'

„Nachtraben", hörte er sich sagen,"sind mir lieber als Morgenmenschen. Die triezen einen früh mit ihrem Tatendrang, abends hängen sie einem wie ein Mehlsack am Hals." 'Was soll das? Von wem rede ich denn?'

Almut sagte: „Meine Bude hier in diesem alten Haus ist doch recht klein. Genügt grad für die kurze Zeit. Aber bis

Thomas kommt, muß ich eine Zweizimmer-Wohnung gefunden haben. Weißt du nicht eine für mich?"

Vera umarmte ihn, riß ihn fast um. „Es war ein voller Erfolg!"
„Ein voller Erfolg?" fragte Achim.
„Die Post hat nachgegeben."
„Die Post hat nachgegeben –" wiederholte er.
„Das ist in erster Linie durch den Druck der Protestaktion gekommen."
„Ja! Eure Wache, die Stelltafeln auf dem Markt – das wird der Post unangenehm aufgestoßen sein."
„Alle Azubis werden übernommen, alle!"
„Und weiterbeschäftigt?"
„In unbefristete Arbeitsverhältnisse übernommen, mit Vollzeitarbeit!"
„Das ist wirklich großartig!" sagte er.
„Und das wird gefeiert. Komm' doch mit! Auch wenn du nicht bei der Aktion warst, das geht bestimmt zu machen."

Auf dem Küchentisch lag eine Illustrierte, Almut blätterte darin. „Ah, impressionistische Gemälde! Die haben mich immer interessiert."
Achim hatte sich das Blatt gekauft wegen eines Artikels über Saurier. 'Den Aufsatz über die Maler hab' ich gar nicht gelesen. Noch nicht.'
Almuts Blick ging langsam von Bild zu Bild. „Dies hier finde ich schön. Das weniger. Aber – was ist das überhaupt: Schönheit?"
'Du! Du bist schön!'
Almut las eine Zeitlang in dem Text neben den Abbil-

dungen. „Hier steht, der Mensch besäße einen Ausdrucksdrang. Das sei der Grund dafür, daß er Kunst mache. Der Mensch! Weiß nicht. Manche werden ganz gut fertig ohne Kunst."

Sie sagte: „Ich nicht. Ich brauche Kunst. Warum, weiß ich nicht. Um genauer hinzusehen? Um tiefer zu empfinden? Vielleicht, um mich zu vergleichen, mich besser kennenzulernen."

Nach einer Weile: „Oder um mich zu beruhigen. Fühle mich manchmal ziemlich zerrissen."

„Rechnest du Fotografieren auch zu Kunst?"

„Fotografieren? Ja, das kann wohl auch Kunst sein."

'Dann sind es bei mir die Fotos. Aber je mehr ich mache, desto unruhiger...'

Almut hatte die Zeitschrift weggelegt. Sie kippte sich auf dem Stuhl zurück, stützte die Füße auf die Querleiste unter dem Tisch. „Thomas braucht keine Kunst. Schade! Er hört nicht mal hin, wenn die Vögel singen."

Achim schien es, als hätte sie ihre Mundwinkel herabgezogen. 'Ich bin kein Student. Aber ich kann doch spüren, wie schön diese Impressionisten malen. Ich sehe die Welt auch so flirrend, so vibrierend!'

Achim fährt zum Neuen Hafen. Heute will er hier nicht fotografieren wie sonst oft. 'Muß meine Füße spüren, meine Beine.' Er läuft am ölig braunen Wasser eines Beckens entlang. Es spiegelt einen Himmel zerfahrener Wolken, dazwischen Fetzen reinen Blaus. Die riesigen Container, eckig, abweisend. Flocken von Baumwolle in der Luft. Achims Nase dreht sich nach Teer, Malz, Tabak, sein Blick öffnet Schuppen, greift Ballen auf, Säcke, Tonnen, läßt sie fallen. Warntafeln, Verbotsschilder – er springt über einen

Stapel Holz, schwingt sich über einen Zaun. Jetzt: eine Schiffssirene! Er singt den Ton eine Terz tiefer mit – der Akkord, vom Arm eines Krans über einen Frachter geschwenkt, versinkt in der Ladeluke. Am Ausgang wieder die Schranke, weiß, rot. Ein Zöllner: „Nichts zu verzollen?" 'Nichts! Ich hab' nur dies Glühen im Kopf, dies Kribbeln in den Gliedern. Und die Fahne, die du nicht sehen kannst, die ich gesehen habe, Almuts Name, flatternd hoch am Mast.'

Achim rückte Tisch und Stühle beiseite. 'Jetzt muß mal gründlich sauber gemacht werden!' Er wischte Staub, überall, hinter dem Radio, auf den Oberkanten der Türen. Er brachte Zeitungsstapel in den Keller, ordnete die Bücher und Kasetten. Er hatte eine Decke mit einem Schottenmuster für das Sofa gekauft.

Das Sofa. Der Platz von Vera. 'Sich hinwerfen, keuchen, stoßen – muß das überhaupt sein? Jedesmal spannt man sich so sehr darauf hin... Vielleicht könnte ich ganz ohne...?' Er breitete die neue Decke mit den bunten Würfeln aus. Für einen Augenblick Blau, sehr viel Blau – Trauer, dunkelblau, die das Rot einschließt.

Er blickte sich um. Möbel, Geräte, Boxen standen, als strebten sie einem unsichtbaren Mittelpunkt zu. Achim holte einen silbernen Rahmen, rieb ihn blank, legte ein Foto hinein, stellte ihn ins Regal. Der Schein der Lampe auf Almuts Gesicht.

'Vera wird kommen. Heute. Gleich.' Achim fühlt sich durchsichtig. Wie ein Glas. Sie wird es sehen. Mit einem Blick. Alles. Das Viertel Rotwein, das randvolle Vierteljahr. 'Ich bin verrückt.'

Er schob Veras Bild zur Seite. 'Nur ein wenig. Es muß

bleiben. Sie muß mir bleiben. Wer sonst wird Geduld für mich haben – Geduld, vielleicht, und zornige Vorwürfe?'

'Hat es geklingelt?' Der Hörer der Sprechanlage an seinem Ohr. „Ich!" ruft es herauf. Sein Finger auf den Summer gepreßt. Veras Hand drückt die Klinke herunter.

Unter dem Brauenbogen

'Nackt', dachte Daniel. 'Oder besser: entblößt. Die ganze Gestalt scheint zu frieren.'

Sein Blick glitt ab, glitt über die Leute, mit denen er sich hier in der Grünanlage versammelt hatte, kam wieder bei der Bronzefigur an.

Wer würde zuerst etwas sagen? Eine Frau mit rundem Hut. „Was ist denn das für eine Mißgeburt?"

„Bitte beschreiben Sie sie erst einmal", sagte Herr Witte.

„Eine männliche Gestalt in Menschengröße, die sich aufwärts reckt", kam eine Stimme. „Die Oberfläche von Gesicht und Brust ist so modelliert, als –"

'– als sei sie zermatscht', dachte Daniel.

Andere Stimmen. „Klobige, geschwollene Füße." „Plumpe Unter-, dürre Oberschenkel." „Die Beine gekreuzt, verdreht." „Ein Arm fehlt, der andere streckt einen Klumpen von Hand empor."

'Wie eine Drohung', dachte Daniel. 'Oder wie einen Hilfeschrei.'

„Haben Sie eine Vorstellung, was es ausdrücken könnte?" fragte Herr Witte. „Bitte nicht lange nachdenken, einfach äußern, was Ihnen einfällt."

„Vielleicht soll es an Menschen in Afrika erinnern, die hungern", hörte Daniel. „Eher ein Denkmal für Verfolgte, Gefolterte." „Könnte es eine Anklage gegen Krieg sein?" „Gegen den Krieg im Innern unserer Gesellschaft."

'Das ist Urs', dachte Daniel. 'Ich habe ihn gleich erkannt, obwohl der Bart ihn verändert hat.'

„Wer hat es gemacht?" fragte jemand.

„Alfred Hrdlicka", sagte Herr Witte. „Es heißt: *Der gehäutete Marsyas*. Dazu gehört eine längere Geschichte, die wir bald ausführlich erörtern wollen."

Die lang gezogene, leicht gekurvte Straße, durch die Daniel zum Restaurant *Izmir* ging. Viele der alten Häuser hatten einen bunten Anstrich, der ihm gefiel. 'Hundert Jahre Baugeschichte rechts und links. Ich müßte nur mehr von ihr wissen.'

Er versuchte, sich die Skulptur vorzustellen, die sie gestern besichtigt hatten. Die Gestalt von Herrn Witte in der ockerfarbenen Cordhose kam ihm dazwischen. 'Angenehmer Mann. Vielleicht ein arbeitsloser Lehrer oder Künstler, der sich etwas nebenbei verdient?'

Glassplitter knirschten unter Daniels Sohlen. Er hob den Kopf: die Fenster einer türkischen Bank notdürftig mit Brettern vernagelt. 'Wahrscheinlich wieder Kurden.' Sie hatten neulich ein türkisches Reisebüro in Brand gesetzt. Dessen Front, er kannte das Gebäude doch – war sie nicht mit Steinmetz-Arbeiten bedeckt? Oder? 'Ich wollte, mein Auge könnte sowas mal richtig behalten.'

Der abrißlose Strom von Fußgängern, durchschossen von flinken Radfahrern, eine Straßenbahn schob sich hindurch. Am Rande des Gehweges Obst in Kästen gestapelt. Bücher im Fenster einer Buchhandlung. Hinter den Scheiben eines türkischen Treffpunktes saßen bärtige Männer beim Kartenspiel, im Hintergrund rollte eine Billardkugel über grünes Tuch.

Sehen üben hieß Wittes Seminar. *Sehen üben am Beispiel ausgewählter Skulpturen*. 'Und Urs? Was der wohl in diesem Seminar sucht?'

Daniel setzte sich so, daß er die junge, blonde Frau im Auge hatte. 'Könnte eine Studentin sein. Vielleicht eine Kunststudentin. Das Besondere an ihrem Gesicht? Die Nase? Der Mund, festgeformt, klein? Wangen, Stirn, der gerade Blick...' Seine Augen schweiften ab. Er sah im Vortragsraum umher. Die Teilnehmer auf leichten Plastikstühlen unter einer reich verzierten Stuckdecke; das Seminar der Volks-Hochschule fand in einer umgebauten Bürgervilla statt.

Herr Witte schaltete den Projektor an. Die Statue des Marsyas. Dias umkreisten sie von allen Seiten.

'Was für ein Mut!' Daniel dachte: 'Hier drückt sich etwas aus... Etwas Schreckenerregendes, etwas Wahres... Unerbittlich...'

Jemand fragte: „Sie wollten doch erzählen, was *Der gehäutete Marsyas* bedeutet."

„Es ist eine griechische Sagenfigur. Ich bitte Sie um Verständnis, wenn ich ihre Geschichte heute noch nicht erzähle. Mir kommt es darauf an, erstmal zu hören, was die Statue für sich Ihnen sagt."

„Wozu auch Geschichten?" fragte Urs. „Das lenkt nur ab. Man sieht ja so, daß dieses Bild allgemeine Verzweiflung zeigt."

„Warum sollten wir wohl alle verzweifeln?" Das war die junge Blonde. Was schwang da für ein Ton in ihrer Frage mit: Abwehr? Daniel glaubte, zugleich Besorgnis herauszuhören.

„Na", sagte die Frau mit dem runden Hut, „wenn ich die Drogensüchtigen auf den Straßen sehe..."

„Wenn sowas gemeint sein sollte", wieder die Blonde, „warum sollte das in einer antiken Sagenfigur ausgedrückt werden?"

'Schiebt sie Skepsis gegen die Figur nur vor, weil sie sich vor dem Gemeinten ängstigt?'

Witte ließ in schneller Folge Dias von Skulpturen durch den Projektor laufen: eine Reihe von Menschendarstellungen seit der Zeit des Expressionismus.

Daniel wollte etwas sagen, die junge Frau kam ihm zuvor. „Grauenhaft! Wie in Kriegen!"

„Wie im Warenhaus beim Schlußverkauf." Das war Urs.

'Verblüffender Vergleich! Auf jeden Fall: aus dem Gleichgewicht geraten.'

„Anscheinend sind viele Künstler nur noch auf Spektakuläres versessen", sagte jemand im Ton einer Anklage.

„Kann es nicht sein", ein älterer Herr formulierte sein Urteil vorsichtig als Frage, „daß sie einfach nur Spaß haben am Kaputtmachen?"

Die Frau mit dem runden Hut grinste. „Sie stellen unsere verfressenen Wohlstands-Bäuche bloß."

Ein Mann mit dichtem, grauen Haar brachte einen anderen Gedanken vor. „Sie zeigen unsere Ratlosigkeit. Es sind doch alle sicheren Vorstellungen von der Welt längst verloren gegangen unter Mikroskopen und Teleskopen."

Witte schob wieder ein Dia von Hrdlickas Marsyas in den Projektor.

'Der faßt das alles in sich. Von Kopf bis Fuß Qual. Die ganze Gestalt ein Schrei.'

„Dieser Künstler hat alles hinter sich." Es schien ein Schauer durch den Körper der jungen, blonden Frau zu laufen. „Was hat er eigentlich noch vor sich? Was bleibt denn da?"

Der Grauhaarige sagte: „Nichts, was lebt, hat Dauer, alles ist vom Tod bedroht."

Ihre Stimme, eine helle, feste Stimme: „Der Tod ist auch immer vom Leben bedroht!"

Das Gebäude, eingezwängt ins Häusergedränge der Altstadt, in der Mitte der große Balkon vor dem Lehrerzimmer, auf beiden Seitenflügeln säulenflankierte Portale, durch die die Schüler ein- und ausströmten. 'Was für Säulen? Ah ja, korinthische! Die mit dem üppigen Rankenwerk an den Kapitellen. Wir haben die verschiedenen Säulenformen damals gründlich pauken müssen.' Es war klar: die neue Begegnung mit Urs hatte diese Bilder in Daniel aufgerührt.

Er bog von der Hauptstraße ab, grüne Wipfel mitten in der Stadt, da war der Hof der alten Schule, da unter den Buchen und Ahornen hatte Urs gestanden, abseits, meist allein.

Er wollte wenig von den anderen Schülern wissen, schien ihr Tun und Reden als Kinderkram zu empfinden. „Er hat nicht den gleichen Code wie wir", sagte einmal ein Junge. Sie fürchteten seine jähen Urteile. Sie mieden ihn.

'Und ich?' Daniel erinnerte sich an eine Klassenfahrt. 'Urs mir gegenüber im Bahnabteil, schlafend. Das scharfe Denken in ihm zur Ruhe gekommen. Das Gesicht, still, fern, zog mich an. Etwas Leidendes darin, Verfeinertes, heute würde ich sagen, ein asketischer Zug, das Gesicht eines Mönches.'

Das Bild hatte sich die ganze Schulzeit über erhalten. 'Ich bewunderte ihn, fand ihn reifer als mich, ich träumte davon, daß er sich mir einmal zuwenden, mich nach meiner Meinung fragen würde. Er tat es nicht. Und heute? Er nickt mir zu, nicht unfreundlich. Wird es zu einem Gespräch kommen?'

Die ehemalige Torwache mit ihrer ruhigen Säulenfassade. 'Dorische Säulen. Schlichte Kapitele. Den Baustil nennt man, glaube ich, klassizistisch.' Übersichtlich gegliederte Innenräume, alles hell, nicht zu weit, fast intim. 'Hätte viel eher einmal ins Gerhard-Marcks-Museum kommen sollen, warte immer, bis mich jemand mitzieht.'

Unter dem Tageslicht, das von oben hereinfiel, leise in sich bewegte Gestalten, meist aus Bronze, manche aus Stein. Frauen, Männer. Ruhe in ihrem Dastehen, Dasitzen, Sich-einander-Zuwenden.

Daniel schloß die Augen. Das Klacken und Schlurfen der Schritte auf den Fliesen, die Stimmen, die Meinungen. 'Seid doch erstmal still! Schaut einfach!'

Er ging beiseite. Was drückten die Gesichter der Skulpturen aus? 'Die Züge karg, oft nur angedeutet. Wie traumumfangen, wie schlafentrückt. Als ob sie wüßten, daß sie wieder zu Erde werden. Es scheint, als hätten sie sich ihr kaum entrungen.'

Und noch etwas anderes fiel ihm auf: manche lächelten verhalten, fast verschmitzt. 'Dies heimliche Lachen von Marcks, das ich schon von seinen *Bremer Stadtmusikanten* am Rathaus kenne.'

Im Hauptraum hatte Witte die Gruppe um sich versammelt. Die Frau mit dem runden Hut äußerte sich eben. „Marcks gibt nicht so an wie Hrdlicka. Er –"

Daniel hörte Urs: „– er verschließt seine Augen vor der Wirklichkeit."

Die Stimme der blonden Studentin holte ihn ganz heran. „Ich bin überzeugt, der kennt die Wirklichkeit, alles, was Sie an Grausamem wollen, genau so gut wie andere. Gerade, weil er es kennt, will er ein Gegenbild aufstellen. Dadurch entlarvt er gewissermaßen Grimassen als Grimassen."

'Sie sagt, was ich fühle. Und wie kühn sie es sagt!'

„Entlarven!" Jetzt wieder Urs. „Hrdlicka, der will nicht entlarven. Er warnt nicht, er predigt nicht. Er zeigt rücksichtslos, was ist."

'Ich kenne noch nicht viel von Hrdlicka. Aber: er predigt nicht? Ich denke, der predigt auch. Und rücksichtslos?' Daniel glaubte sich plötzlich sicher. „Marcks nimmt ebenfalls nur Rücksicht auf seine jeweilige künstlerische Konzeption, sonst wäre er kein Künstler." 'Oder wage ich mich zu weit vor?'

„Aber dieser Marcks", Urs war noch nicht fertig, „selbst, wenn er das Schicksal des Prometheus darstellt, glättet er es noch."

Witte sah Urs an, ruhig, blickte seinen Gedanken ins Gesicht. „Ich meine, jeder findet, was er sucht. Ein Verzweifelter wird überall auf Verzweiflung stoßen. Wirft jemand ihm vor: *Du entstellst,* wird er erwidern: *Ich stelle nur fest.* Auch Marcks zeigt, was er von der Welt sieht. Ob es Ihnen allerdings etwas von der Welt sagt, können Sie nur selbst entscheiden."

Er ging zu der Figur eines Jünglings, die im Mittelpunkt der ausgestellten Bildwerke stand. „Orpheus", sagte er. „Bei den Griechen spielt er die Leier. Hier hält er eine Geige. Orpheus, der Sänger, dem alle Menschen, Tiere, Bäume lauschen."

'Er steht da, schlank, still, zusammengenommen. Er spielt nicht, hat das Instrument sinken lassen, horcht nach innen. Was wird sein Bogen aus den Saiten holen?'

„Eine apollinische Gestalt", sagte der Mann mit dem grauen Haar.

Daniel konnte sehen, daß Witte sich freute. „Ja! Tatsächlich ist Orpheus der Sage nach ein Sohn des Apollon. Könnten Sie Ihren Eindruck bitte noch etwas näher erläutern?"

„Naja", der Graue, „apollinisch nennt man eine maßvolle, bewußte Haltung. Apollon, das ist der griechische Gott des Lichtes, der Künste. Ich finde, um diesen Orpheus herum herrscht die gleiche Ruhe und Klarheit wie um Apollon."

Warm drang die Nachtluft ins Zimmer, als sei es schon Sommer. Die Lampe löschen, aufstehen. Der Job am Tage, abends an die Arbeit über den Büchern, Literatur-Wissenschaft – Daniel hatte zur Zeit ein Jahr ausgesetzt, um Geld für das weitere Studium zu verdienen. Er holte sein Fahrrad aus dem Keller, fuhr in den Park.

Das Seminar. Urs, die Blonde und er waren unter dem Dutzend Teilnehmern die Jüngsten, über ihnen alle Altersstufen. Was für Leute? Existentiell wohl einigermaßen abgesichert, gaben sie sich umgänglich, trugen Freizeit-Gesichter.

Die Pedale drehten sich wie von selbst, Dynamo abgestellt, der Scheinwerfer sollte ihn nicht blindmachen für die andrängenden Konturen der Bäume, für das Netz der Zweige vor dem Nachthimmel.

Und weiter das Seminar. 'Kann kaum noch was anderes denken. Diese Bildhauer, wie sie die Körper umkreisen, in den Raum kneten! Was hat Witte letztes Mal für ein Wort gebraucht? *Bilderschrift des Lebens.* Das ist mir eingegangen.'

Er hatte rascher auf die Pedale getreten, jetzt ließ er sie eine Weile ruhen. 'Witte. Den gibt es. Der steht da, läßt sich fragen. Ist nicht nur eine Figur in einem Buch, einem Bühnenstück. Bin ganz ungeduldig. Aber ruhig, ruhig! Sein Tempo, das ist das richtige.'

Am See flackerten hier und da kleine Feuer. Einige Kommilitonen am Badestrand, sie hatten die Kleider abgelegt. 'Ich –, ein kurzes Erschauern, '– ich ziehe mich auch aus.' Daniel setzte sich zu ihnen.

Sand unter ihm, durch die Haut leben. Rauchgeruch, durch die Nase leben. Es wurde kaum gesprochen, ab und zu schob einer einen Ast weiter in die Flammen. Die Nackten um ihn herum, durch die Augen leben.

Neben der Frau Daniel gegenüber ein Schäferhund, der vor sich hinhechelte, das rote Züngeln zwischen den weißen Zähnen, seine glänzenden Augen gingen im Kreise umher. Es war alles da, das Lauern und die Gelassenheit, die schmale Frauenhand, die die eigene Schulter kraute, Schenkel im Widerschein der Glut, zarte Haut bis in den Schritt hinauf, wo sie im Vlies verschwand.

Daniel hatte sich auf den Abend gefreut, am meisten auf die Studentin. 'Vielleicht studiert sie gar nicht. Ihr Urteil kommt so frisch, so unbefangen heraus.'

Sie rückten wieder die einfachen, schwarzen Kunststoff-Stühle um den Tisch. Die Liste, in die alle ihre Anwesenheit einzutragen hatten, ging herum.

'Schnell mal nachsehen!'

Die Frau mit dem runden Hut, die kleine, drahtige Frau, die keine Antwort schuldig blieb, hieß *Gärtner,* Beruf *Sekretärin;* das konnte vieles bedeuten. *Nielsen* der Name des Mannes mit dem grauen Haar, Beruf *Ingenieur.* Das ältere Ehepaar, die mit den liebenswürdig interessierten Gesichtern – aber war das Lächeln nicht vorgehängt? Dahinter etwas anderes? Was? –; in der Handschrift des Mannes *Hennig* und *Rentner.* Jetzt faßte jemand neben Daniel nach der Liste – gerade noch ein Blick: sie hieß *Birte!*

'Birte! Eigenartiges Wort, spröde und hell, gespannt wie eine Saite.' Ob der Name zu ihr paßte? 'Ihre Brauen unter dem blonden Haar sind dunkel. Der Brauenbogen, zweimal, klar gezeichnet, fast scharf, wie eine Sichel. Wenn sie sich dreht, schneidet sie alles Zufällige weg, schneidet ihren Ort genau aus dem Umfeld: sieh her, ich bin's!'

Widerborstig und halbfertig hingehauene Szenen, geile Lust, Vergewaltigung, Folter, alles wie unter Dampfdruck ausgestoßen. 'Mensch, das preßt einem die Brust!' Daniel ließ den Atem langsam los.

„Sichtbar gewordene Wunden", hörte er Birte sagen.

„Den hetzt eine Art Ausdrucksgier", hörte er Herrn Nielsen.

Daniels Blick stocherte in den Radierungen Hrdlickas herum. Wildgestikulierende Figuren, Fratzen, struppige Wasserköpfe, dürre Beine, verwischte und verzerrte Umrisse.

'Was ist das für eine Handschrift! Sie greift aus, frißt Blatt um Blatt. Ich steh wie ausgeschlossen davor, komme nicht rein...'

„Er malt anstößig", sagte jemand. „Er will wahrscheinlich anstoßen."

„Was heißt anstoßen?" Das kam von Frau Gärtner. „Wen denn? Einer empfindet so, der nächste wieder anders. Mir gefällt von diesen Sachen manches und manches nicht. Da spielt auch meine Stimmung eine Rolle."

'Sie ist nicht dumm. Aber sie soll jetzt den Mund halten.' Daniel wollte doch diese Handschrift ergründen, wie sie dahintobte, ihre Zeilen sich verhakten, an den Rand torkelten! 'Ich brauche Zeit, ich bräuchte Zeit...'

Eine Weile nur Geräusch von Stimmen. Dann ein Satz von Herrn Hennig: „Der kann sich nicht beherrschen."

'Ist es das? Einfach nur Unbeherrschtheit? Die kenn' ich doch auch von mir.' Daniels Blick verschwamm über dem Gewirr der Linien. 'Das Unbeherrschbare, das mich manchmal wie fremd überfällt. Schreie dann los.' Im letzten Jahr hatte er einmal im Zorn eine Flasche auf den Hof geschmissen – hinterher ganz rasch die Scherben wieder aufgesammelt, aus Scham. 'Hrdlicka? Der scheint keine Scham zu kennen. Der knallt uns seine Wut einfach in den Weg. Ein Querschläger! Ein Querhauer!'

„Überzeugt es Sie? Stört es Sie?" Witte hatte gefragt.

„So weit bin ich noch nicht." Das war Birte.

Herr Nielsen deutete auf ein Blatt. „Die schmierige Malweise. Ich denke, er will die Arbeitsspuren stehen lassen, die Anstrengung nicht verleugnen."

„Er zeigt, wie schwer es ist zu leben." Birte hatte es wie nebenbei gesagt.

„Könnten Sie das ein wenig verdeutlichen?" fragte Witte.

„Wenn man so wie Hrdlicka – ich meine, wenn man so verletzbare Sinne hat, so schmerzlich scharfe Eindrücke empfängt..."

„Vielleicht sollten Sie nicht nur die Machart beachten, sondern auch die Themen", schlug Witte vor. „Ich habe Ihnen ein paar Blätter aus einem Zyklus über die Französische Revolution mitgebracht und ein paar aus einem über psychisch Erkrankte."

„Was mir auffällt", sagte Herr Nielsen, „er scheint die Revolutionäre mit einem gleich kritischen oder sogar verächtlichen Blick zu betrachten wie die Aristokraten."

Birte hatte sich in die Bilder mit den Kranken vertieft. „Seltsam, man weiß nicht recht, ob sein Strich die Figuren entblößen will oder wie mit einem Netz verschleiern."

Daniel tastete sich weiter. „Er zeigt sie und läßt sie zugleich im Dunkeln. Vielleicht, weil Hrdlicka meint, daß sie letztlich undurchschaubar sind?" 'Ich möchte wissen, was Urs davon hält.' Urs hatte eine Zeitlang etwas auf ein Blatt skizziert. Daniel konnte nicht sehen, was.

Herr Hennig widersetzte sich. „Ich glaube, Hrdlicka treibt sein Spiel mit den Geisteskranken."

Jetzt meldete sich Urs. „Er nimmt ihren Wahn ernst. Er sagt nicht: *Es ist Unsinn!* Aber auch nicht: *Es ist Tiefsinn!* Es ist halt Wahnsinn. Wie der Wahn in Ihrem und meinem Kopf, nur stärker, so daß die Erkrankten die Orientierung im Alltag verlieren."

Herr Hennig murrte: „Was meinen Sie denn mit dem Wahn in unseren Köpfen?"

Da Urs nur die Achseln zuckte, sprang Herr Nielsen ein. „Er hat nicht unrecht. Lassen wir mal unsere persönlichen Wahne beiseite. Aber, sehen Sie, wir leben doch zwischen Mitbürgern, die zum Beispiel an eine Jungfrauen-Geburt glauben, andere sind fest davon überzeugt, daß ein Freitag, der 13., Unglück bringt oder daß Ausländer kriminell sind."

Birte: „Oder Autos lebensnotwendig."

„Verzeihen Sie!" sagte Herr Hennig zu Witte. „Manche

Leute sind ja auch überzeugt davon, daß diese Blätter von Hrdlicka Kunst darstellen."

Witte lachte. „Das wäre dann aber ein verbreiteter Wahn! Aber wir wollen es erst einmal so stehen lassen. Verschiedene Ansichten, alle begründbar, nicht in Übereinstimmung zu bringen."

Im *Izmir* der Händedruck von Sadik. „Was nehmen wir heute?" Daniel zeigte auf ein Nudelgericht. Sadik schüttelte den Kopf, flüsterte: „Das nicht, ist nicht frisch." Laut: „Ich empfehle Lammgulasch, ganz zart." Er häufte Daniel eine reichliche Portion mit Reis und großen Bohnen auf den Teller. „Auch etwas Fladenbrot?" 'Ja, er soll mir ein Stück dazulegen, ich steck' es ein für morgen zum Frühstück, ich mag den Geschmack von Sesam und Mohn.'

Sadik erzählte manchmal von den ersten Gehversuchen seiner kleinen Tochter, von seinen Plänen zu einem eigenen Restaurant. Vor allem der bevorstehende Urlaub! Er wollte seinen Eltern in Adana zum ersten Mal ihre Enkelin zeigen.

Daniel sprach gern mit ihm. 'Ich komme ein bißchen von mir los, er redet nie zuviel, freut sich über mein Interesse, beutet es nicht aus.' Daniel erfuhr auch manches. Das letzte Mal die Geschichte eines jungen Kurden, Tellerwäscher im *Izmir*, den seine Landsleute zu einer monatlichen Zahlung für ihren politischen Kampf zwangen.

Daniel wußte aus dem Geschichtsunterricht: den Kurden war nach dem Ersten Weltkrieg von den Westmächten das Recht auf einen Staat zuerkannt worden; ehe sie ihn gründen konnten, hatte die Türkei sich das Gebiet zugesprochen: es gibt keine kurdische Sprache! es gibt kein kurdisches Volk! Und aus der Zeitung wußte Daniel: die kurdische Arbeiterpartei kämpfte im In- und im Ausland für eine eigene Nation; aber die Regierung in Bonn, aus Rücksicht auf die Regierung in Ankara, hatte sie auch hier verboten.

Da gerade kein Gast zu bedienen war, trat Sadik an Daniels Tisch. Daniel fragte: „Wieviele Kurden leben eigentlich in Deutschland?"

„Etwa eine halbe Million."

„Und wieviele Mitglieder, schätzt du, hat unter ihnen die kurdische Arbeiterpartei?"

Sadik blickte sich um, dämpfte die Stimme: „Weiß nicht. Vielleicht siebentausend. Aber die sind gut organisiert. Außerdem treibt ihnen die Politik Ankaras immer mehr Anhänger zu."

„Und ihre Brandanschläge auf eure Reisebüros und Banken? Wollen sie uns auf das Unrecht aufmerksam machen? Oder vielleicht deutsche Touristen abschrecken?"

„Beides. Oft geht es dabei aber auch um Schutzgeld. Die Geschäftsinhaber sind vorher gewarnt worden, weil sie nicht gezahlt haben. Aus Angst erklären sie dann der Polizei: wir sind niemals bedroht worden!" Sadik sagte leise: „Es ist brutal, was die Kurden machen." Noch leiser: „Man kann sie verstehen."

Witte hatte Blätter verteilt, Fotokopien von Holzschnitten, Fotos von Skulpturen.

Strenge und Schlichtheit in den Gestalten von Gerhard Marcks. Daniels Muskeln lösten sich, er setzte sich gerade auf.

Er war der Erste, der etwas sagte. „Auch wo die Figuren eckiger erscheinen, sind sie in sich abgerundet. Ich sehe keine Risse, keine Brüche."

Die Gesichter in der Runde hatten sich aufgehellt, wirkten nicht so angespannt wie über Hrdlickas Arbeiten.

„Der holt das Gesehene in sich herein, trägt es aus. Und auch Gewalt und Leid", Birte blickte zu Urs hinüber, „nimmt er auf. Soviel, wie er verkraften kann, ohne schreien zu müssen."

„Ja!" sagte Daniel. „Der läßt sich Zeit. Man müßte lernen, sich so viel Zeit zu lassen. Wie ruhig sinkt er in das Wesen seiner Gegenstände ein, wie ruhig steigt er mit ihnen wieder auf."

„Kann mich dem nicht ganz anschließen", fand Herr Nielsen. „Marcks stellt die Dinge still, ja – aber rückt fast etwas ängstlich davon ab, als wolle er sich schonen."

Die Hennigs legten Widerspruch ein. „So schön ruhevoll und ausgeglichen!"

Urs plötzlich zu Witte: „Jetzt kommt von Ihnen wieder: wir lassen das so stehen. Gar nichts laß ich stehen! Warum ist denn sein Stil so zahm? Der hat doch gar nicht die Kraft, grausame Wahrheiten zu sagen!"

„Ich habe auch gewisse Einwände gegen Marcks. Wenn er sich zum Beispiel", Witte suchte in seiner Mappe, „in diesem Holzschnitt an einen Stierkampf, hier an einen fliegenden Amor oder dort an einen gazellenreißenden Löwen wagt, das wirkt steif, da sieht man keine Bewegung. Aber die Kraft, die Sie ihm absprechen", er sah Urs an, „die hat er."

„Den kann doch überhaupt nichts erregen."

„Sie suchen laute Ekstasen. Sie übersehen leise Erleuchtungen oder Versunkenheiten."

'Die stille Gewalt eines Steines. Der unbemühte Ausbruch einer Blüte.' Daniel spürte, wie sein Herz schlug. 'Die lautlose Raserei eine Berührung.'

Als Birte die Villa verließ, folgte Daniel ihr in einigem Abstand. 'Möchte sie gehen sehen.' Sie ging zu einer Halte. Er stieg in dieselbe Bahn wie sie. Sitzplätze waren nicht frei. Er tat überrascht, als er im Gang in ihre Nähe kam. Er warf ein paar Worte hin: Herr Witte sei ein guter Leiter, er führe die Diskussion am lockeren Zügel.

Birte hatte ihn freundlich begrüßt, nun glitt ihr Blick über die Fahrgäste um sie herum, schien dann an der Tür zu haften, wie sie sich an den Halten öffnete, sich schloß. 'Was denkt sie?' „Witte bringt faszinierende Skulpturen", sagte er. „Man lernt wirklich, genauer hinzusehen." 'Kuckt sie nach den Ladenzeilen draußen, den Plakatwänden?' „Ich glaube, Kunst hat eine Menge mit dem Leben zu tun." 'Jetzt schaut sie her. Ganz aufmerksam.' „Kunst allein, für sich?" seine Stimme wurde eifrig. „Nein, das wäre nichts für mich. Ich kann nicht begreifen, wie Menschen sich mit ihr beschäftigen und dabei wie Gewohnheitstiere dahintrotten."

Er redete drauflos, die Worte kamen ihm von den Lippen – er steuerte sie, er war hellwach. 'Es geht! Ihr Gesicht zeigt Interesse!' „Ich möchte gern rauskriegen", sagte er, „warum mich bei diesen Skulpturen eine abstößt, die andere anzieht."

Die Haltestange zwischen ihnen zerschnitt Birtes Bild, Daniel neigte sich vor, um sie ganz zu sehen. 'Soll ich noch was zu den Skulpturen –? Lieber ein anderes Thema.' „Studieren Sie Kunst?"

Endlich ihre Stimme! Sie habe Sozialpolitik studiert, erzählte sie. „Jetzt arbeite ich in der Erwachsenenbildung, das ist nicht das Endgültige, ich suche noch. Und Sie?"

„Studiere Literatur-Wissenschaft. Im Augenblick brauche ich Geld, jobbe in einer Bank."

„Einer Bank?"

„Naja, klingt gewaltig. Bin da so durch Protektion reingerutscht. Sitze bei einem Sachbearbeiter für EDV, Listen kontrollieren, Belege abheften, so eine Registratur-Tätigkeit."

Die Bahn fuhr in eine Kurve, Daniel schwankte auf Birte zu, nahm sich schnell ins Gleichgewicht zurück, ließ die Halteschlaufe bewußt in seine Hand schneiden. 'Muß weiter reden. Konkretes berichten.' „Einmal hat eine Kollegin in der Bank, als ich ihr von dem Seminar in der Volks-Hochschule erzählte, den Kopf geschüttelt: *Sich mit Stilen beschäftigen? Ein gut gestylter Stuhl, den kann man wenigstens zu was gebrauchen.*"

Birte lachte. Sie fragte: „Und dies Seminar haben Sie belegt –?"

„Um sehen zu lernen. Kunst, das war für mich bisher vor allem Literatur. Lief ziemlich blind durch die Gegend, leistete mir schlimme Fehlurteile bei Baustilen, Zimmereinrichtungen, all solchen Geschmacksfragen, auch darüber, was Gesichter ausdrücken."

'Halt! Nicht so allgemein! Schnell wieder Konkretes!'
„Bei einem Freund, einem Maler, vor Jahren, hatte ich schon angefangen, einen Blick zu entwickeln, zum Beispiel für eine leere Kaffeetasse auf dem Schreibtisch, für ein erleuchtetes Fenster am Abend, hinter dem sich Menschen bewegen."

'Oder für dich! Wie du nickst, wie dir dabei die blonden Haare in die Stirn fallen. Schluß! Genug geredet! Es ist gut gegangen. Es wird weiter gehen.' „Ich muß aussteigen", sagte er. „Leider! Wir sehen uns ja wieder."

Angenehmes Gefühl der Sättigung. Diesmal hatte Daniel

frisch gegrillte Köfte – „Bitte nicht ganz durch!" –, Reis, Salat mit Tzadziki gegessen. Sadik mußte sich um Gäste kümmern, er nickte zweimal herüber. Er hatte ihm ein ungebongtes Glas Ayran zugeschoben. Daniel trank in kleinen Schlücken, saß zurückgelehnt da.

Die Diskussionen im Seminar. Hatte der das, die jenes gesagt? So oder so ähnlich? Marsyas in der Grünanlage: *Voller Qual bäumt er sich auf.* Orpheus mit der Geige im Museum: *Ruhe strahlt von ihm aus.*

Zu Hrdlickas Radierungen waren Worte gekommen wie *unheimlich, erschreckend.* 'Wenn man einfach drauflos redet, hält man solche Worte für stark, ich auch.' In Wirklichkeit waren sie schwach, plusterten das Gesagte auf, gingen einem nicht unter die Haut wie Hrdlickas Bilder. Er wischte sie mit der Hand weg. 'Mit wenig Worten Räume auftun, das möchte ich schaffen. Urs würde vielleicht sagen: Räume aufreißen. Aber das wäre nicht, was ich will.'

Leises Klappern des Geschirrs an den Tischen um ihn herum. Mit halbem Auge nahm er in der Nähe eine Bewegung wahr: Hände, die ihre Finger ineinander schoben. Er sah genauer hin: zwei kräftige Hände und zwei schlanke.

Die beiden jungen Menschen einzeln hätten ihn wohl nicht lange hinsehen lassen. Aber als Paar! Wie versunken sie dasaßen, sich anstaunten! Daniels Blick tastete über die geneigten Nacken, die Knie, die sich unter dem Tisch berührten. 'Würde es gern in Ton nachbilden! Aufnehmen, aufheben, aufbewahren!'

Daniels Hände hatten sich geöffnet und gespannt, er schloß sie langsam um die Worte *Nacken* und *Knie.* 'Sprache ist für mich der Stoff, mit dem ich plastisch arbeite. Wann endlich wird das sein? Wann endlich werde ich loskommen von all dem Gezerre und Geschiebe, das mich untenhält?'

„Ein Relief, offensichtlich aus der Antike." Die Gesichter beugten sich über das von Witte verteilte Blatt. „Drei Figuren darauf. Die linke sitzt auf einem Felsblock, hält eine Leier im Schoß, die rechte steht, bläst in eine Doppelflöte. In der Mitte eine Person mit einer Kapuze."

'Was für ein Kunstwerk! Still und beschwingt in einem. Als ob der Stein leise tönt. Und Birte fühlt es wie ich. Sie hat mir zugelächelt. Endlich! Darauf hab ich schon lange gewartet!'

„Der Mann mit der Flöte nackt. Die beiden anderen Figuren bekleidet; die mit der Leier trägt ein lang fließendes Gewand, die Gesichter vom Alter der Steinplatte her verwittert. Könnten es Frauen sein?"

„Die Griechen", sagte Herr Nielsen, „ähnelten ja die Züge von Mann und Frau einander an. Aber ich glaube, es handelt sich um drei männliche Personen."

„Sagen Sie bitte noch etwas über die Musikanten", bat Witte.

„Der nackte Flötenspieler, Bart und grobes Gesicht, bläst mit Leidenschaft, gibt sich mit dem ganzen Körper in sein Spiel. Der Leierspieler sitzt ruhig da, die Hände entspannt, er hört dem anderen zu."

Es entstand eine Pause. 'Was wird Witte dazu erzählen? Vielleicht die Sage, von der er am Anfang sprach?'

„Auf diesem Relief von Praxiteles aus dem 4. Jahrhundert vor unserer Zeitrechnung sehen wir Marsyas und Apollon beim musikalischen Streit. Marsyas, ein Hirt, nach anderer Überlieferung ein Halbgott, fordert den Gott zum

Wettkampf auf. Die neun Musen sollen die Richterinnen sein."

'Seltsam! Die Gestalten bekommen ihre Namen – und mit einem Mal, vor mehr als zwei Jahrtausenden in Stein gehauen, beginnen sie zu musizieren und der Musik ihre Ohren zu öffnen – unsere Ohren!'

„Wer ist die Person in der Mitte mit der spitzen Kopfbedeckung?"

Witte: „Das ist ein Skythe, ein Mann aus dem Gefolge des Apollon."

Weiter Herrn Nielsens Frage. „Mustert der den Marsyas vielleicht bedrohlich? Wir kennen von Hrdlicka doch den gebeutelten, den gehäuteten Marsyas?"

„Das gehört in einen späteren Akt der Sage. In dem Moment, den das Relief wiedergibt, tritt dieser Skythe noch nicht in Aktion. Hier sehen Sie Marsyas, als er sich bemüht, von den Musen gegen Apollon als Sieger anerkannt zu werden."

„Der Bart, die Nacktheit!" Wieder Herr Nielsen. „Jetzt begreife ich. Marsyas, das ist ja ein Satyr, einer von den Begleitern des Dionysos!"

„Sind das diese geilen Schrate mit Schwänzen und Fuchsohren, die die Griechen in ihren Restaurants an die Wände malen?" fragte Frau Gärtner.

'Ja! Und Satyrn haben nicht nur ein Rohr an den Lippen, sie haben', Daniel wußte es von alten Vasenbildern, 'auch einen Ponz, in den das Blut geschossen ist!' Seine Augen verschlangen das Relief. 'Apollon ist mir von Abbildungen vertraut, aber Marsyas, hier sehe ich ihn zum ersten Mal bewußt: er beugt und streckt die langen Beine, seine muskulösen Arme winkeln sich, damit die Finger die Löcher der Flöte treffen. Marsyas, das also ist er!'

Daniel hatte Trommeln gehört, sah einen Zug um die Straßenecke biegen. Die Kurden im Stadtbild, sonst verteilt, fast untergehend, nun plötzlich viele auf einmal, dicht an dicht, hunderte. Schnurrbärtige Gesichter, Frauen mit Kopftüchern, Kinder. Ein Kind blickte ihn plötzlich an. 'Seine brombeerfarbenen Augen!' Parolen, in fremder Sprache skandiert. Grün-gelb-rote Fahnen, rote Fahnen mit fünfzackigen Sternen. Zwischen Transparenten mit unverständlicher Schrift trugen deutsche Sympathisanten Losungen: *Schluß mit dem Völkermord! Für das Lebensrecht des kurdischen Volkes!*

Neben Daniel stand eine ältere Frau an der Halte der Bahn. „Was sind denn das für welche? Dürfen die hier überhaupt demonstrieren? Die werden in der Türkei verfolgt? Ach, lassen Sie! Ich hab meine eigenen Sorgen, mir hilft auch niemand."

Daniel sah hinter der Frau her, wie sie mühsam in die Straßenbahn kletterte. Er stieg nicht ein, verließ die Halte, ging mit einem Male auf ebenso schweren Füßen.

„Zwei Arten von Kunstmachern", sagte Witte. „Die Griechen faßten sie als Marsyas und Apollon. Der Flötenbläser, erregt, der Musik hingegeben; der Saitenspieler, gelassen hält er sein Instrument auf den Knieen. Bild und Gegenbild – sie leben seit der Antike, vielleicht seit Urzeiten, sie leben noch heute."

„Ah, deshalb haben Sie uns zuerst Skulpturen von Hrdlicka und Marcks gezeigt!" sagte Birte.

Jetzt gingen die Stimmen hin und her. „Geballte Kraft, die sich aus Schächten zutage sprengt – gezügelte Kraft, die Abstand und Überblick bewahrt." „Hier erscheinen die Elemente wie geworfen und zerrissen – dort wie gefügt und gebunden." „Dieser übertreibt Lust und Wut bis zur Zerstörung – jener übertreibt das Bei-sich-Sein der Formen bis zur Erstarrung."

Redeten die anderen? Redete Daniel? Ein Wort gab das nächste, einer nahm es dem Vorredner von den Lippen. Vielleicht waren die meisten Sätze eher fragend als wissend formuliert – aber in Daniel wurden alle zu körperlicher Gewißheit: er spürte seine Muskeln, wie sie mit Narben übersäte Torsen aus dem Stein schlugen, er fühlte sein Zwerchfell, wie es den Atem der Figuren beschwichtigte, er trieb bis zum Rande der Auflösung mit zerfetzten, schrumpfte mit verhärmten Gestalten.

Die Diskussion war lange wieder in begrifflicher Sprache angekommen. Daniel hörte, wie unzufrieden Herr Nielsen sich äußerte. „Nun ja, einer in Aufruhr, einer im Ebenmaß – aber kann man damit die ganze Welt der Plastik begreifen? Wo wollen Sie zum Beispiel Barlach, Arp oder Moore unterbringen?"

„Solche Grenzziehungen haben immer etwas von Willkür", sagte Witte. „Mischungen aller Art kommen vor. Aber denken Sie an Rodin oder Giacometti auf der einen, Maillol oder Kolbe auf der anderen Seite. Im großen und ganzen sind immer wieder diese beiden Erscheinungsformen von Kunst hervorgetreten."

Auch Urs sträubte sich. „Na gut, reduzieren wir Kunst mal auf zwei Erscheinungsweisen, eine zentrifugale und eine zentripetale. Aber diese anthropomorphe Form – ich weiß nicht, wer malt oder bildhauert denn noch figürlich?"

„Das stimmt. Die an Gestalten nicht mehr gebundene Phantasie der Künstler ist heute doch wohl das Entscheidende, ihre Freiheit, fast möchte ich sagen: ihre Frechheit."
'Von Urs habe ich solche Vorstellungen erwartet, aber jetzt

auch von Herrn Nielsen?' Daniel sah sich nach Birte um, er brauchte Hilfe, er bekam sie.

„So kann man die Welt nicht mehr sehen? Wenn wir frei sind und frech sein dürfen", sie lächelte Herrn Nielsen an, „müssen wir ja keineswegs alles als Chaos betrachten, sondern können uns ein klares Bild machen." Sie wandte sich zu Witte. „Für wen ergreifen Sie Partei: für Marsyas oder für Apollon?"

'Wie offen sie auf Witte zugeht!'

Er werde nicht müde werden, den Alleinvertretungs-Anspruch eines Stiles zurückzuweisen, erklärte Witte.

„Aber Sie!" sagte Birte. „Sie können doch nicht beide sein."

Es käme ihm darauf an, von beiden Typen ein möglichst gerechtes Bild zu entwerfen. Mehr als eine Skizze könne es nicht sein.

„Ganz persönlich: welchen Künstler mögen Sie am liebsten?"

'Ihr dringliches, fast zudringliches Fragen!' Ein paar Gesichter, vor Birtes Direktheit erschrocken; in anderen sah Daniel Bewunderung, alle blickten gespannt auf Witte.

„Ich? Am liebsten? Mal den, mal die. Zur Zeit? Nun, zur Zeit mag ich die Bildhauerin und Zeichnerin Renée Sintenis ganz gern."

Ein Werk von Sintenis lange Zeit im Fenster einer Kunsthandlung, Daniel hatte es oft angeschaut, eine Statue, ein Wesen aus einer Vision, Daphne – er kannte die Sage: eine junge Frau, begehrt und verfolgt, fliehend und im rettenden Augenblick von einer Gottheit in einen Lorbeerbaum verwandelt...

„Ich kenne diese Künstlerin nicht. Gehört sie zu den Verwandten des Marsyas oder des Apollon?" fragte Birte.

„Wenn Sie Gefallen daran haben, mit diesen beiden Bildern zu arbeiten, leihe ich Ihnen einmal ein Buch über Sintenis, und Sie sagen mir später, was Sie herausgefunden haben, ja?"

Urs, am Geländer der Treppe lehnend, die Arme über der Brust verschränkt.

Es war noch Zeit bis zum Beginn. Daniel konnte mit ihm reden. Worüber? Was er in diesem Seminar suchte? Woher sein Interesse für Bildhauerei kam? „Vielleicht haßt Hrdlicka sich selbst", sagte er, „daß er solche Stummel- und Stammelfiguren rausklotzt? Sah ihn neulich im Fernsehen – er ist so ein gedrungener, grober Typ."

Die Hennigs kamen durch den Vorgarten der Villa. Würden sie sich nähern? Sie blieben ein Stück entfernt im Gespräch mit anderen Leuten stehen.

„Von Marcks", sagte Daniel, „gab's ja ein paar Fotos in der Ausstellung. Schlank, hochwüchsig, ebenso wohlproportioniert wie seine Arbeiten."

Urs verlagerte sein Gewicht von einem aufs andere Bein. 'Wohin blickt er? Ich finde in sein Gesicht nicht hinein. Manchmal trifft sein Blick auf mich – aber so, als wäre ich gar nicht da.' „Wollte jemand behaupten", sagte Daniel, „solche Übereinstimmungen ergäben sich notwendig, dann ist das ein Kurzschluß. Es gibt genug Widersprüche zwischen innen und außen." 'Hört er zu? Hört er nicht zu? Steht da, Standbein, Spielbein, ausgewogen wie eine antike Statue!'

Der Wuchs einer Tanne, eines Pferdes, einer Frau – warum sprach ein Mann nicht vom Wuchs eines Mannes? Urs war gut gewachsen. 'Aber ich kann ihn gar nicht sehen, ohne das Rohe, Grelle, Zerfledderte mitzusehen, das er schätzt.' Das, was Daniel bisher als häßlich erschienen war. Nicht, weil er es haßte. Weil er es nicht begehrte. In den letzten Tagen war ihm ein inneres Widerstreben bewußt geworden, sich der Welt Hrdlickas zu weit auszuliefern. Und hatte Urs Gerhard Marcks nicht schroff abgelehnt? Daniel sagte: „Marcks ist ein genauso starker Künstler wie Hrdlicka."

Die dunkle Stimme, unerwartet freundlich: „Was ist denn deiner Meinung nach ein Künstler?"

„Mhm! Ich würde sagen: einer, der unermüdlich um unsere Teilnahme an der Welt wirbt." Daniel fand, ihm sei ein guter Satz gelungen.

„Meinst du? Sag' lieber: einer, der den eigenen Illusionen unermüdlich die Maske herunterreißt. Weiß nicht, ob er so sehr an die Leute denkt."

„Hrdlicka denkt sicher auch mit Lust an die geschockten Gesichter der Spießer." 'Jetzt hab' ich *Spießer* gesagt und meine es gar nicht!'

„Vor allem denkt er an die Sache. Was er auch aufgreift: Französische Revolution, Widerstand gegen Hitler – er zwingt uns, der Geschichte ins blutige Gesicht zu sehen. Wie Hölderlin rumtappt in der Welt, wie Schubert sich aufbäumt gegen seine Schwäche – da hat er den Spießer längst vergessen."

'Das hat er. Das weiß ich. Aber –' Daniel fragte: „Berührt dich eigentlich nur Hrdlickas Kunst sinnlich, die von Marcks nicht?"

„Hrdlicka ist besessen von seiner Fleischbeschau. Wie er seinen Figuren das Zeug runterreißt, das hat etwas –" Urs zögerte –

„– Gewalttätiges", sagte Daniel. „Ich hab' mir seine Radierungen lange angeschaut. Auf vielen geilen die Menschen wild herum. Will das mal bumsen nennen und absetzen von dem Wort ficken – weiß natürlich, auch dies zweite Wort wird nicht selten abfällig verwendet und daher negativ gesehen; ich sehe es positiv."

„Bumsen trifft es für mich nicht. Das klingt plump, aber nicht böse genug. In Hrdlickas Art liegt Haß. Weiß nicht, woher der kommt."

„Manche Szenen finde ich saftig." Wieder Daniel. „Andere einfach tobsüchtig. Ich suche nach Benennungen für die Unterschiede. Ich brauche eben Worte."

„Ach, Worte! Marcks, der kann weibliche Körper bilden! Die erregen mich. Mit manchen seiner Frauen würde ich gern ficken."

'Er sagt es ganz in Gedanken, gebraucht das Wort ohne Aufhebens.' Daniel freute sich. 'Er scheint es so zu empfinden, wie ich es empfinde.'

Ein Seitenblick: die Hennigs hatten zu sprechen aufgehört. Daniel fragte schnell: „Und warum hast du Marcks als fad und kraftlos bezeichnet?" Er sagte herausfordernd, auf Widerspruch gefaßt: „Da hast du dich also geirrt."

Urs lachte. „Bin eben ein Irrer."

„Die Sage von diesem Wettstreit", erklärte Witte, „wird, in Einzelheiten verschieden, von mehreren antiken Autoren überliefert. Zunächst scheint das Flötenspiel des Marsyas den Musen schöner zu klingen als die Leier des Apollon. Da beginnt dieser, zu seinem Saitenspiel zu singen. *Marsyas gebraucht ja auch die Finger und den Mund,* argumentiert er. Marsyas kann nicht blasen und singen zugleich. Die Musen entscheiden gegen ihn."

„Wie begründen Sie das?" wollte Birte wissen.

'Bitte nicht unterbrechen! Bitte!'

„Apollon bestraft den Marsyas für seine Überhebung. Die Skythen aus seinem Gefolge hängen ihn an einen Baum und ziehen ihm bei lebendigem Leibe die Haut ab."

Ein kurzes Schweigen. Dann Frau Gärtner: „ Das ist ja eine Schauerstory!"

„So grausam und rachsüchtig?" fragte Herr Nielsen. „Das entspricht nicht dem Bilde, das man sich von Apollon macht."

„Die Griechen haben sich diese Geschichte so erzählt", sagte Witte.

Urs: „Wer sind denn *die Griechen*?"

„Nun, damals hat es gewiß verschieden denkende Bewohner Griechenlands gegeben. Auch Sie zwingt nichts, den Kunstgeschmack, der aus dieser Sage spricht, zu teilen. Erzählen wir sie uns also auf unsere Weise, jeder auf seine."

Daniel fühlte einen Ruck in sich. „Gut! Ich will anfangen. Die Schuld lag bei den Musen. Warum haben sie die beiden nicht für ebenbürtig erklärt?"

Herr Nielsen versuchte eine neue Deutung. „Wäre nicht denkbar, daß Marsyas sich aus Enttäuschung über das Urteil selber erhängt hat?"

Birte dachte in andere Richtung. „Vielleicht lagen seine Eingeweide auch gar nicht bloß – nur Apollon sieht es so: aus Scham, aus Mitgefühl."

Urs: „Nein! Das Fell ist ihm gewaltsam über die Ohren gezogen worden."

„Er ist wütend aus der Haut gefahren", rief Daniel. In ihm überstürzten sich die Bilder. „Er hat die Hülle abgestreift, er zeigt seinen Kern, seine Überlebenskraft. Ja: er hat sich gehäutet, er kann sich verwandeln, er ist der Stärkere."

'Oder', dachte er, 'hat ihm seine eigene Verzweiflung

die schützende Haut vom Leibe gerissen? Apollon, ich sehe ihn, wie er beklommen auf seinen Gegner schaut: er steht da, läßt die Leier sinken, wendet den Blick nach innen, sammelt sich, eine Totenklage zu finden.'

'Keinen mehr sehen! Keinen mehr sprechen!' Der Fluß trieb braun und stumm dahin. Daniel saß auf einer Mauer am Ufer.

Zwei Möwen, dicht über der Fläche des Stromes flatternd, stritten sich um einen Gegenstand, der im Wasser schwamm; im Wechsel schlug die eine ihren Schnabel hinein, sobald sie die andere zurückgehackt hatte.

'Die Gesichter aus der Bank loswerden. Die Kunden, die Berater, die ganze Leisetreterei mit ihren Hintergedanken – Gier, eingewickelt in glänzendes Geschenkpapier, Schönreden, Schöntun...'

Ein Binnenschiff zog vorbei. Die Wellen, die sein Kiel in den Wasserspiegel stieß, rollten auseinander, klatschten weit hinter ihm auf die Steine. Und die Möwen? Eine hatte aufgegeben, die andere flog mit dem erbeuteten Gegenstand im Schnabel davon.

„Aber", rief Daniel plötzlich, „wir haben doch alle versucht, den Apollon mit dem Marsyas ins Gleichgewicht zu bringen!" 'Nicht alle. Urs nicht. Fast alle.'

Langsam wurde es Abend. Die Positionslaternen der Schiffe begannen aufzuleuchten, grün, rot, grün, rot. 'Der eine fährt stromauf, der andere stromab. Sie halten die Augen offen. Sie wissen, wohin sie wollen.'

Daniel erhob sich. „Das Seminar", sagte er in die Dunkelheit, „da geht es nicht um Macht, um Geld. Da geht es um Schauen. Das ist, wofür ich lebe. Und um Geld sich grad nur soviel kümmern, daß ich durchkommen kann."

„Ging die Vorliebe der Griechen allmählich von Marsyas zu Apollon über? Oder wurden beide nebeneinander geschätzt?"

'Gute Frage! Herr Nielsen ist doch der Gründlichste hier.'

„Ursprünglich galt den Griechen die Flöte viel", berichtete Witte. „Sie konnte Klage sowohl als auch Jubel ausdrücken. Sie glaubten, ihren Ton im Aufruhr der Elemente zu hören, sie suchten mit ihrem Klang Tobsüchtige zu beschwichtigen, sie ahmten mit dem Rohr das Zischen der Schlangen nach. Mit der Zeit wird die Leier der Flöte vorgezogen: man kann spielend besonnen bleiben, kann zur Leier gleichzeitig singen oder rezitieren."

„In der älteren Zeit hätte man also Marsyas nicht als Verlierer dargestellt?"

'Das ist der Punkt! Birte ist darauf gekommen.'

„Nein. Das Schönheitsempfinden hat sich gewandelt. Die Göttin Athene, wird jetzt erzählt, erblickte sich beim Flötespielen in einem Wasserspiegel: die Wangen aufgeblasen, das Gesicht verzerrt. Da wirft sie die Flöte entsetzt weg, Marsyas nimmt das verschmähte Instrument an sich."

Und weiter Birte: „Woher solch ein Wandel?"

Ungeduld in der Stimme von Urs. „Weil die Oberschicht im Athener Stadtstaat zu Geld gekommen ist."

Birte: „Und das war ja eine Sklavenhalter-Gesellschaft!" Zu Witte: „Also könnte es doch sein, daß Marsyas daran rütteln wollte?"

Urs, eh Witte antworten konnte: „Natürlich! Aber die Fabel soll ihn warnen: wage der Arme nur nicht, den Reichen herauszufordern!"

Ja, so hatte Daniel die griechische Demokratie in der Schule kennengelernt: oben die Kaufherren, Besitzer von

Landgütern oder Großwerkstätten, darunter kleine Bauern, Handwerker, Tagelöhner, ganz unten die Masse von Sklaven, als Lastträger, als Ruder-Mannschaften, in den Erz-Bergwerken und Steinbrüchen.

„Möglich, daß diese Parabel für manchen auch einen politischen Hintersinn besaß", sagte Witte. „Aber monokausale Erklärungen reichen nicht aus. Sie hat für mich vor allem ästhetische Bedeutung: was entspricht dem Formgefühl des Betrachters mehr."

„Das ist dasselbe. Wer sich aufs Ästhetische abdrängen läßt, landet im Privaten und macht so erst recht Politik."

Daniel hatte dies Argument von Urs vorausgesehen. 'Aber was wird Witte dagegensetzen?'

„In Zeiten sozialen Elends, in denen alles nach gesellschaftlichem Wandel verlangt, kann man das sicher so sehen. Empfinden Sie unsere Zeit so?"

„Ich nicht!" übernahm Herr Hennig die Antwort. Und seine Frau: „Es geht uns doch einigermaßen gut."

„Ich?" fragte Urs. „Ich bin ein Kurde. Ich würde es mit Marsyas halten."

'Zwei kurze Sätze – und ich fühle, wie eine andere Wirklichkeit in unsere Diskussion bricht.'

„Empfinden Sie unsere Zeit nicht so?" wandte Birte sich an Witte.

„Keine Ansicht und keine Handlung ist ganz unpolitisch. Aber für mich steht dieser Aspekt nicht im Vordergrund."

Birte verzog das Gesicht unwillig. „Menschen oben, die Herrschaft ausüben, und Menschen unten, die sich gegen Beherrschtwerden wehren, das ist doch bei uns wie überall auf der Erde so."

„Und Sie meinen, der Untere würde sich immer wie Marsyas ausdrücken und der Obere wie Apollon?"

„Das weiß ich nun allerdings nicht."

„Was ist mit Hrdlicka, der gegen jede Unterdrückung aufbegehrt?" Urs' Frage.

„Und sich dabei vom herrschenden Kunstbetrieb hätscheln läßt", sagte Birte.

Urs hörte nicht hin. „Oder Beuys, der sich als Lehrer sah, als Volkskünstler?"

„Und von den Leuten nicht verstanden wurde." Wieder Birte.

Frau Gärtner grinste. „Frauen haben eine Badewanne saubergeschrubbt, die Beuys durch angeklebte Heftpflaster zum Kunstwerk geadelt hatte."

Hinter der allgemeinen Heiterkeit arbeiteten die Gedanken weiter. „Lassen Sie uns das Gegensatz-Paar einmal ganz aus dem Gesellschaftlichen herausnehmen", sagte Witte. „Der Flöte-Blasende und der Zur-Leier-Singende sind nicht geworden. Sie sind. Sie werden immer sein, solange es Menschen gibt. Nehmen Sie sie als eine Art Urtyp."

'Die anderen gegangen? Nur noch wir drei? Den Augenblick muß ich nutzen!' „Würde gern noch mal eure Meinung hören."

Urs saß auf einer Fensterbank. „Urtyp!" Er schlug mit den Hacken gegen die Wand.

Birte stand, an einen Tisch gelehnt. Daniel zu ihr: „Ich finde, Marsyas und Apollon sind manchen Leuten wie auf den Leib geschrieben."

„Wem zum Beispiel?" Sie zog sich einen Stuhl heran.

„Darf ich auch mal frei und frech sein?" fragte er. Birte lächelte.

„Also, Sie stehen vor mir wie eine griechische Statue, hinreißend, aber kühl. Und er", Daniels Kinn zeigte auf Urs, „blickt kalt um sich, aber insgeheim steht er in Flammen."

Urs rutschte vom Fensterbrett. „Ihr redet, Marsyas ist so und Apollon so, und habt dann Abziehbilder, die ihr überall draufklebt. Ihr wißt gar nicht, was die Leute, die sich sowas ausdachten, dabei gefühlt haben." Er machte ein paar Schritte durch den Raum, blieb stehen, zeigte sein Gesicht nur halb. „Diese Skulpturen mit Körpergestalt, hab' mich selber lange genug damit rumgeschlagen. Die haben doch nur zufällig menschlichen Umriß, es sind Kompositionen, es handelt sich ganz einfach um –"

„– um was?" fragte Birte.

„– na, um Formungen, die einen gewissen Raumausschnitt besetzen oder organisieren oder wie Ihr wollt. Das Denken lehren sie nichts."

'Gewiß, dieser Blick hinter die Gegenstände, dieser Blick ins Ungegenständliche – gewiß, dort ist auch genug zu erleben, aber...' Daniel fühlte sich plötzlich hart und frei. 'Was ich an Urs nicht mag: das Absolute, das Alles oder Nichts: es gibt nur Ungestalt, Gestalt ist Täuschung.' „Immerhin", sagte er, „kann man mit Marsyas und Apollon Widersprüche benennen und sich ihnen stellen."

„Und aus ihnen ein ordentliches Haus bauen."

„Was haben Sie gegen Häuser?" fragte Birte.

„Kartenhäuser!"

„Sie wohnen auch gern irgendwo."

„Ich? Der Muff aus Wohnstuben treibt mich raus." Als hätte er zuviel geredet, faßte Urs ihren Arm, krallte die Finger hinein, verließ den Raum.

Daniel: „Widerlicher Kerl!" Er erschrak: Birtes verschlossenes Gesicht. 'Das kam zu schroff heraus.'

Birte, am Fenster, blickte in den Garten. „Kunstwerke", sagte sie nach einer Weile, „die nicht mehr behaupten als dieser Ahorn da. Der ist bewiesen auch ohne Worte."

Daniel trat neben sie. 'Ja, dieser Baum! Aber sie! Ihre Schulter! Meinen Arm darum legen –'

„Der kann Träume zerreißen", sagte Birte vor sich hin. „Wie einen wertlosen Fetzen Papier. Ich spüre förmlich das scharfe Geräusch im Kopf. Der ist stark. Ob jemand an ihn herankann? Schwerlich. Vielleicht unmöglich."

'Ich komme in ihren Gedanken überhaupt nicht vor.' Die Schulter, weit weggerückt von Daniels Arm. 'Ich bewundere Urs. Ich bewundere Birte. Ich hasse sie –'

Von der hinten gelegenen Küche des *Izmir* kam der kurdische Helfer an Daniels Tisch vorbei, brachte einen Stapel Teller zur Theke. 'Er sieht bedrückt aus – ach ja, seine Last mit der Zwangsabgabe...' Und überhaupt der Schrecken ohne Ende: schon wieder waren brennende Benzinkanister in einen türkischen Kulturverein geworfen worden!

Das Lokal hatte sich geleert. Sadik fand Zeit, an Daniels Tisch zu kommen. Daniel sagte: „Eure Köfte sind gut, wenig Brot, viel Fleisch – nicht so ein Fleisch vom Bäkker, wie man es in deutschen Frikadellen finden kann." Sie lachten.

„Noch etwas zum Nachtisch? Wie wäre es mit Baklavas, hier diese kleinen Kuchen aus Blätterteig mit Honig und Nuß gebacken."

„Die kenn' ich, die sind ein bißchen sehr süß."

„Dann vielleicht diese Revanis", sie sahen halb aus wie

Kuchen, halb wie Pudding, „die sind aus Gries, Eiern, auch etwas Honig, aber nicht so süß."

„Gut, mal probieren."

Der Tellerwäscher ging wieder durch das Lokal, er grüßte Daniel lächelnd.

„Daß der mich überhaupt kennt!"

„Die kennen dich hier alle."

„Na ja, so einen komischen Menschen."

„Nein, so einen freundlichen Menschen."

Daniel fragte: „Hast du die Zeitung gelesen? Daß der türkische Staat die Kurden daran hindert, sich an Wahlen zu beteiligen?"

Sadik bei seinem Thema; er stützte die Ellenbogen auf Daniels Tisch. „Viel schlimmer: das Militär verbrennt Wälder, um die darin untergetauchten Guerillas mitzuverbrennen. Es entvölkert ganze Gebiete. In der Region Tunceli sind von 400 Ortschaften die Hälfte zerstört worden."

„Und die Menschen, die dort lebten?"

„Teils ermordet. Den anderen gibt man erstmal Zelte. Später sollen riesige Zentraldörfer aus dem Boden gestampft werden, wo man die Vertriebenen ansiedeln und unter Kontrolle halten will."

Hätte ein Dialog zwischen Türken und Kurden, vielleicht unter internationaler Beobachtung, einen Sinn? Würden die Kurden ihren Kampf einstellen, wenn die Türkei ihnen begrenzte Autonomie zugestünde? 'Sadik sagt *Selbstbestimmung* – er spricht ein deutscheres Deutsch als ich!'

Sadik mußte an seine Arbeit. Der kleine Mann mit Schnurrbart und dunkler Brille. 'Er hat Maschinenbau studiert – hier muß er den Essenausteiler machen...'

Daniel aß den Rest seiner Revanis. Er schmeckte nichts.

Panzer rollten auf ein anatolisches Dorf zu. Mündungsfeuer blitzte, Häuser gingen in Flammen auf. Schutt und Asche. Schutt und Asche? Er konnte das Bild nicht festhalten. Es wandelte sich, die Dächer deckten sich wieder, Kinder und Hühner liefen über die Straße, alte Frauen vor den Türen, kleine, geduckte Hütten breiteten sich in der kargen Hügellandschaft...

„Mit dem Wort *Urtyp* meine ich", sagte Witte, „daß einer so, ein anderer so reagieren muß, von innen her, ohne äußeren Anlaß. Aber kein Künstler lebt außerhalb der Zeit, außerhalb einer bestimmten Gesellschaft. Sicher trägt seine Kunst Spuren davon, sicher kann sie bewußt Stellung dazu nehmen."

'Ah! Nun geht Witte doch auf das Politische ein, Urs und Birte haben zu stark darauf bestanden.'

Ein Dia. Das Mal für die getöteten Kämpfer der Bremer Räterepublik 1919 auf dem Waller Friedhof: ein gedrungener Turm aus eckigen, kreuz und quer geschichteten Steinblöcken, die sich gegenseitig bedrücken, aufeinander lasten.

Urs äußerte einen Einwand. „Dies Mal ist zu unverbindlich. Wer kann denn erkennen, daß damals Soldaten auf Befehl Arbeiter ermordet haben?"

Herr Hennig: „Es sind auch Soldaten gefallen beim Kampf gegen die Roten. Derer sollte man in erster Linie gedenken. Kennen Sie nicht die Statue des jungen Mannes in den Wallanlagen? Das ist ein würdiges Ehrenmal."

Birte drehte sich zu Urs. „Also, damit das Werk klarer aussage, was es meint: vielleicht doch lieber in Menschengestalt?"

'Urs Gesicht. Ganz zugehängt. Was denkt er?' Eine

Weile hörte man nichts als das Rücken von Stühlen auf dem Parkettboden.

Weiter Birte. „Eigentlich finde ich dieses Steinmal sehr stark. Seine Wucht, seine Größe lassen ahnen, daß es sich nicht um privates Leid handelt. Wer mehr wissen will, muß eben die Tafel lesen."

„Dasselbe Problem haben wir mit dieser Statue", sagte Witte. Auf einem neuen Dia zeigte er einen nackten Mann, stehend, in halbem Vorwärtsschritt, karge, streng entschlossene Gesichtszüge, die Handgelenke übereinander gelegt, als seien die Hände gefesselt.

„Das Erinnerungsmal an die von den Nazis verfolgten Widerstands-Kämpfer", sagte Herr Nielsen. „Es steht gegenüber dem Marcks-Museum bei der Ostertor-Wache."

Urs: „Und in dieser Wache saßen nicht nur die Gegner der Nazis, da sitzen heute in engen, stinkenden Zellen Kurden in Abschiebehaft."

Herr Hennig kam wieder aus sich heraus. „Das ist doch kein Grund, ständig Farbbeutel gegen die Säulen der Wache zu schmeißen! Diese Kurden haben Autobahnen blockiert, Polizisten mit Steinen beworfen. Viele von ihnen handeln mit Drogen. Die sollen sich hier gefälligst benehmen." Frau Hennig: „Wenn ich irgendwo Gast bin, benehme ich mich auch anständig."

„Nur dann?" hörte Daniel Frau Gärtner murmeln.

Birte rief: „Das sind keine Gäste, das sind Verfolgte, Gehetzte. Unser NATO-Bündnispartner treibt sie doch zu solchen verzweifelten Taten!"

„Billigen Sie etwa", Herr Hennig steckte nicht zurück, „daß Kurden in München das türkische Generalkonsulat besetzt haben?"

„Da forderten sie zuletzt nur den Abdruck einer Erklärung in der Presse. Das hätte man ihnen gewähren müssen – genauso wie die Autonomie, auf die sie nach dem Völkerrecht Anspruch haben."

'Gewähren müssen! Aber Birte weiß doch selbst, daß solche Spielregeln im politschen Machtkampf nicht eingehalten werden.'

„Vorsicht!" sagte Herr Nielsen. „Von fern mag es so aussehen: die Türkei gibt den Kurden Autonomie, und alles ist in Ordnung. Aber" – er fingerte am Kragen seines Hemdes herum, als fühle er sich beengt – „aber die Kurden leben in mehreren Stämmen, sprechen mehrere Sprachen, sind sich untereinander uneinig. Überhaupt gibt es in der Türkei wie im ganzen Nahen Osten die verschiedensten Völkerschaften, die eine Sezession der Kurden als Signal für eigene Forderungen nehmen würden. Das wird dann wie auf dem Balkan endlose Blutbäder nach sich ziehen." Er hatte nicht laut gesprochen, zuletzt die Stimme noch weiter gesenkt.

Auch die Stimme von Herrn Hennig hatte nicht die alte Lautstärke. „Und wenn die Türkei zerfällt, Sie mögen sagen, was Sie wollen, zerfällt ein Ordnungsfaktor, der ganz Europa schützt."

War ein Europa, das der Welt die kalte Schulter zeigte, denn so schützenswert? Und überhaupt: wie wollte es sich schützen – mit Gewalt? 'Das ist kein Schutz von Dauer.'

Urs: „Wir sprechen doch über die geflüchteten Kurden hier bei uns – oder?"

„Sie können hier ja leben. Aber wenn sie sich politisch betätigen, haben sie eben mit Abschiebung zu rechnen."

'Leben, aber nicht politisch betätigen? Auch wenn Herr Hennig Kunst beurteilt, betätigt er sich doch politisch!'

„In der Türkei erwarten sie Folter und Tod", sagte Urs.

„Um uns das einzubrennen, haben sich kurdische Frauen öffentlich den Flammen übergeben. Was sollen sie denn sonst noch tun?"

Mußte man selber Unrecht erfahren haben, um so vom Unrecht gegen andere Menschen bewegt zu werden? Die Kurden? Daniel wußte von ihrer Lage. Fühlte er sie? Die zerstörten Dörfer im Südosten der Türkei... Das Gesicht des Tellerwäschers im *Izmir*... Die brombeerfarbenen Augen des Kindes, neulich in der Demo...

'Ach, die Skulpturen sind mir näher. Und die Leute, mit denen ich über sie sprechen kann. Die mich darüber hinaus interessieren. Zum Beispiel Herr Nielsen.'

Daniel versuchte, sich das Gesicht von Herrn Nielsen vorzustellen. Selbstsicher? Zurückhaltend? Kein Zug drängte sich vor, alle hielten sich die Waage. Kam das vom abwägenden Denken? Oder wurde sein Denken vom ausgewogenen Wesen bestimmt?

'Was weiß ich von diesem Mann? Daß er Ahnung hat von Geschichte und Politik. Daß er sich auskennt in antiken Sagen. Und in seiner Freizeit beschäftigt er sich mit Kunst. Aber sonst?'

Einmal hatte Herr Nielsen von *kreativem Wahrnehmen* gesprochen, das *als Ergänzung zu unserem vorwiegend technisch-mathematischen Denken* notwendig sei. 'Bei dem Wort *kreativ* hat er mit der Zunge die Lippen befeuchtet – mit einem Mal konnte ich mir vorstellen, wie er mit einer Partnerin umgeht: bedachtsam, genießerisch, voll Rücksicht...'

Und die Hennigs? Jetzt war Daniel klar geworden, was ihr vorgehängtes Lächeln verbarg: Abwehr. Sie hatten sich eine Ordnung geschaffen, und nun durfte nichts kommen, was die in Frage stellte. Der begütigende Ton, mit dem sie oft in die Runde sprachen, als sprächen sie zu Kindern: sie wollten damit nur sich selber guttun. 'Das ist wie ein Zwang. Sie haben es sicher schlecht gehabt. Muß es nicht jedem schlecht gehen, der sich an etwas klammert, das es nicht gibt?'

„Ich denke, wir könnten ein Stück zusammen gehen."
„Ja." Birtes einfache Antwort.

Der Weg, der gleich bei der Villa begann, an Rasenflächen vorbei, durch Gehölze auf- und niedersteigend, am Ufer hingeschwungen. Sie plauderten über die Anlagen: Wall und Graben um die Altstadt herum, die zum Grüngürtel umgewandelte Befestigung von einst.

'Stundenlang mit ihr so gehen! Nach dem langen Sitzen wieder Körper werden! Reden, ohne viel nachzudenken! Aber es hilft nichts. Ich muß wieder rauf, in den Kopf, an die Arbeit.' „Das Gespräch zu dritt, neulich, ich hab gesehen, wie es Ihnen zugesetzt hat."

„Ja, ich habe lange nachgedacht. Über Kunst. Dieser Mensch", Birtes Hand deutete auf den Abwesenden, „hat überzeugende Argumente."

'Dieser Mensch. Urs. Der stärker ist als ich.'

„Man muß bei Kunstwerken keineswegs immer menschliche oder gesellschaftliche Bezüge herstellen", sagte sie.

'Was soll ich antworten? Ich hülle sie einfach in mein Lächeln.' Nach einer Weile: 'Vielleicht hülle ich mich nur selber darin ein.'

Birte entwickelte einen Gedanken: Kunstwerke ließen sich als kleine Sonnen ansehen, von ihren Planeten umkreist. „Denken Sie an eine Art Glutkerne, die je nach Dichte magnetisch anziehen."

'Gut!' Daniel kniff die Lider zusammen, schärfte seinen Blick. 'Für einmal alle Bilder durchschauen auf das, was in ihnen wirkt, sie als Kraftbündel betrachten, die Strahlen aussenden.' Aus der Literatur-Wissenschaft kannte er die Theorie: nichts als die Menge der in einem Kunstwerk verarbeiteten Einfälle und deren gegenseitige Reibung erzeugt seinen Wert, mal mehr, mal weniger starke Stöße von Energie.

Eine Ente, vom Erpel gefolgt, kreuzte ihren Weg. Sie blieben stehen, bis die Tiere vorüber waren. Die bildlose Theorie hatte Daniel leer gelassen. Aber die gerundeten, festgeformten Leiber der Vögel! 'Ich weiß doch auch nicht, was Enten sind, warum es sie überhaupt gibt. Ich weiß nur, es gibt sie.'

Birte blickte nicht hinter den Tieren her. „Witte hat uns in seine Thesen gezwungen. Solange er da war, sind wir am Thema geblieben. Aber jetzt, wo sind jetzt Marsyas und Apollon?"

Damals, als sie die Sage vom Wettstreit aufgriffen, umdeuteten, als auch Birte für Apollon eintrat: *Kein Rachsüchtiger! Ein Mitfühlender!* – war sie Daniel damals nicht als eine Zwillingsschwester des Apollon erschienen? 'Nun ist sie wieder ungreifbar, Daphne, zum Baum geworden, verzweigt, blätterumrieselt wie die Akazien hier...'

Er stieß seine Gedanken zurück auf den Punkt. „Jeden Tag ist man doch zahllosen optischen Reizen ohne jeden Wert ausgesetzt – aber dies, das sind einmal zwei Bilder, die haben Bestand!" Er sprach ruhiger. „Diese Bilder sind ja nur ein Versuch. Sie stimmen nicht im einzelnen, nur im großen und ganzen."

„Stimmen eben nicht, wenn man genauer hinschaut. Stellen nur Schablonen dar, die nicht leben."

'Urs hat ihr ebenso eine Schablone gegeben, eine Negativ-Schablone, mit der sie alles andere aus ihrem Empfinden ausstanzt.' „Unser ganzes Denken arbeitet doch so: Frau – Mann, Gefühl – Verstand, leiden – tun. Gibt es das alles etwa in reiner Form? Das sind doch alles nur Annäherungsformeln."

Jetzt, vor einer Kulisse von Eiben und Rhododendren, die beiden Denkmäler. Daniel kannte sie. Die Statue von 1936, 'Herrn Hennigs würdiges Ehrenmal', ein nackter Jüngling zum Gedenken an die Toten unter den Soldaten, die 1919 die Bremer Räterepublik zusammenschießen mußten. 'Hier stirbt er mit edler Gebärde immer noch seinen verklärten Tod!' Daneben das Miteinander von angekohlten Balken und einem zerbröckelnden Mauerrest, die Erinnerung von 1989 an das von den Nazis vernichtete Lidice.

Birte beugte sich, um die Tafeln am Wegrand zu lesen. Die Linie ihres Nackens, ihres Rückens... Sie richtete sich auf. „Beides gehört zusammen. Eins ist ohne das andere nicht denkbar."

'Ja, Zeichen finden, Zeichen lesen, sie, sie versteht doch die Sprache der Zeichen!'

Birte fragte: „Kennen Sie Hrdlickas Werk in Hamburg am Dammtor? Nein? Das müssen Sie sich unbedingt ansehen! Da hat er zu einem Krieger-Denkmal auch ein Gegenmal aufgestellt. Dies hier ist wahrscheinlich von dort beeinflußt. Aber es kann sich daneben behaupten." Sie zeigte auf den jungen Mann aus Bronze. „Er wirkt menschlicher als seine Mordkollegen vom Dammtor. Für welche Lügen mußten solche apollinischen Gestalten nicht schon herhalten! Und sehen Sie: hier ist so einem Helden kein verzweifelter Marsyas konfrontiert – hier hat man einfach ein paar Trümmer danebengesetzt."

'Muß ihr erklären, daß diese schwärzlichen Balken nicht nur als Trümmer sprechen, nicht als Ungestalt, daß sie ein lesbares Zeichen setzen: ein verrutschtes Kreuz, ein hilflos gewordenes Kreuz!'

Birte war weitergegangen. „Ich glaube", sagte sie, „man kann nicht alles in das Marsyas-Apollon-Schema pressen."

'Will gar nicht alles in ein Schema pressen! Den Wallgraben hier nicht, die Baumwipfel nicht. Da unten gibt es Schlamm und Luft da oben und überall Tod und Verwesung und immer neue Geburten und –' Worte, zu groß, die Zunge widersetzte sich ihnen.

Sie verließen die Anlage, kamen auf den Domshof. Der Brunnen! Silberne Sturzbäche flossen über die Stufen aus grünem Granit, darüber Poseidon mit dem Dreizack, um ihn Pferdeköpfe, Seehund, Meerfrauen, Figuren, alle nur angedeutet, offengelassen und doch kenntlich –

„Schau ihn dir an!" sagte Daniel plötzlich. „Diesen Brunnen, in unserer Zeit entstanden, diesen Glücksfall! Wogengebilde, wassergeborene Körper – wie das aus dem Element heraus Gestalt wird! Wie das Teil des Elementes bleibt!"

Keine Waffen in die Türkei! Ein großes Transparent. Über den Marktplatz schallend: „Die arme Türkei – der am höchsten gerüstete Staat der NATO!" „Die Türkei – die schon Anfang des Jahrhunderts Völkermord an den Armeniern geübt hat!" „Die Türkei –!"

Bei den Rednern Urs. Die Zuhörer standen in der Sonne, die meisten schienen einander zu kennen. Einige nickten sich zu, umarmten sich. Andere mit Bierdosen an den Lippen, einer biß in ein Würstchen. „Äi du! Auch hier?" Ein Kommilitone begrüßte Daniel.

Aus dem Lautsprecher rief es: „Kämpfen die Kurden im Irak um ihre Rechte, heißt es in unserer Presse *Widerstands-Kampf gegen Unterdrückung*; kämpfen sie in der Türkei, heißt es *Terror gegen Sicherheitskräfte*. So will das Interesse der Waffenhändler unsere Sprache regeln."

Eine angetrunkene Frau hatte sich vor dem Mikrofon aufs Pflaster gesetzt, schrie in kurzen Abständen immer die gleichen Sätze: „Was wollt Ihr denn mit euren verdammten Kurden? Ich bin eine Deutsche. Ich lebe in Deutschland. Ich habe meine fünf Kinder in Deutschland geboren. Haltet doch eure Schnauze!"

Jemand hockte sich zu ihr, versuchte, sie in ein Gespräch zu ziehen, brachte die gellende Stimme eine Zeitlang zum Schweigen.

„Brandsätze sind kein politisches Mittel, Brandstifter lösen keine Konflikte. Die Ursache liegt in der Politik der Türkei. Wir fordern Ankara auf, das Morden in Ostanatolien zu beenden. Wir fordern von Bonn: Hebt das Verbot der kurdischen Arbeiterpartei auf! Stoppt die sogenannte Waffenhilfe an die Türkei!"

Nach der Kundgebung kam Urs zu Daniel, klopfte ihm auf die Schulter, lachend. „Mensch, du hier? Das find ich prima, Däne!"

Seit der Schulzeit hatte Daniel diesen Namen nicht mehr gehört. Er fragte: „Wollen wir noch ein Bier trinken?" Urs: er müsse erst noch das Mikro abbauen, Daniel möge zum Café um die Ecke vorausgehen.

'*Däne!* Das weiß er noch? Das bringt er über die Lippen? Und lachend? Ich habe ihn erst einmal lachen sehen, damals: *Bin eben ein Irrer.* Und wenn das düstere Gesicht sich aufhellt... Urs, den ich... Es ist doch fast Liebe... Trotz allem...'

Daniel hatte im Café einen Tisch gefunden. 'Die Demo – immerhin: mehr als hundert Leute da, Türken und Kurden zwischen Deutschen, wie es sein soll. Immerhin: wir klatschen den Rednern Beifall, wir denken mit ihnen darüber nach, was helfen könnte; es müssen eben mehr werden.'

Urs kam, setzte sich zu ihm, sprach. „Ach, Mensch du! Bei einem Kurden, ich kenne ihn, fand man in der Türkei eine kurdische Musikkassette, der wurde 15 Tage mit verbundenen Augen verhört, mußte anschließend 32 Tage in einer Zelle verbringen, in der knöchelhoch Kot stand.' Die dunkelrauhe Stimme. „Und die Gerichte in Deutschland? Schieben Kurden einfach ab! Ein Flüchtling, er hat in der Türkei schon alles erlebt, Schläge, Elektroschocks, was du willst, seit Wochen sitzt er hier in Abschiebehaft, er denkt an Selbstmord, hat er mir gesagt. Aber der Amtsarzt: keinerlei Suizidgefahr!"

Sie tranken ihr Bier.

Urs neigte sich über den Tisch. „Hab' mich übrigens gefreut, dich in diesem Kurs wiederzusehen. Schon in der Schule – du warst eigentlich der Einzige, der mich interessiert hat. Hab' dich ein bißchen bewundert. Weil du auf andere Menschen zugehen kannst. Ich kann das nicht." Er hatte seine Hand an den Arm von Daniel gelegt, er löste ihn, stand auf – „Tschüß!"

„Ich hab' darüber nachgedacht", sagte Birte zu Witte. „Marsyas und Apollon, überlebt sind diese Gestalten, diese Begriffe nicht. Ich sehe es ja an Hrdlicka und Marcks. Und einfach nur ein Mal aus Steinen hinsetzen oder ein paar Trümmer" – 'jetzt blickt sie mich an, spricht zu mir herüber!' – „das genügt vielleicht doch nicht, um eine verstehbare politische Aussage zu machen."

„Ach, Sie wollen wieder über die Kurden reden", sagte Herr Hennig. „Lassen Sie uns bitte auf die Skulpturen zurückkommen."

„Sie möchten wohl mal Lehrer spielen?" fragte Frau Gärtner.

„Es gibt genug soziale Herausforderungen, die auch die Künstler angehen!" Birte wieder zu Witte. „Müßte deren Antwort darauf nicht so klar sein, wie eine apollinische Sprache es verlangt?"

Urs kam Witte zuvor. „So einen *klaren* Künstler wie Marcks können die Himmlers ebenso schätzen, wie sie Mozart und Eichendorff geschätzt haben."

Birte: „Sie taten es aber nicht, weil Marcks nicht bereit war, ihren Rassenkult mitzumachen."

Urs: „Haben sie das denn von seinen braven, treudeutschen Statuen abgelesen?"

Birte: „Sie haben gemerkt, daß er auch als Bildhauer nicht in ihre Hetzsprache einstimmte."

'Haben sie Marcks wirklich wegen seiner Kunst als Feind erkannt? Hätte die nicht in einer Nische geduldet werden können?'

„Der Rückzug in die Innerlichkeit, den das Bürgertum antrat", wußte Herr Nielsen, „wurde von den Nazis zum Teil sogar gefördert. Er kam ihnen nur zu recht."

Urs setzte nach. „Wo sehen Sie in Marcks' Kunst eine unmißverständliche Kampfansage? Apollon wird niemals einen Stein in ein Bankfenster schmeißen."

„Jetzt hören Sie aber mal!" sagte Herr Hennig.

„Und Marsyas?" rief Birte. „Der windet sich, ächzt, brüllt herum – das bleibt zu abseitig, zu schwer verständlich. Wem bietet er die Stirn? Warum zeigt er ihm die Zähne?"

„Protest ist in beider Namen denkbar." Witte wandte sich zu Urs. „Herrschende Lügen können mit heftig deformierten Gebilden angeprangert werden. Ebenso", er nickte Birte zu, „kann man klar konturierte Zeichen von Widerstand setzen."

Urs beharrte: „Diktatoren sind immer Apolliniker."

Witte schüttelte den Kopf. „Diktatoren wollen Macht über Menschen. Ihre Ordnung ist immer unsere Unterordnung. Ihr Wunschbild kann nur von einem oberflächlichen Blick mit apollinischem Wesen verwechselt werden. Kunst kommt nicht aus dem Willen. Recken und Helden haben nichts mit Apollon zu tun."

Eine mächtig aufragende Bronzeplatte, auseinanderlaufend in ein Gespinst von Zacken und Wolken wie in züngelnde Flammen und Rauch; aus der Bronze wuchern seitlich Menschenreste hervor; ein Holzbalken, vielleicht der abgebrochene Arm eines Hakenkreuzes, durchstößt die Platte, hackt, jäh abgewinkelt, auf den kopflosen Torso einer Frau herab; an der Platte selbst hängt, kopfüber, aus Marmor wie die Frau, ein männlicher Körper, mit Händen, geschlagen vor ein Gesicht – was für ein Gesicht?

Daniel war nach Hamburg zum *Feuersturm* gefahren, hier am Dammtor neben dem älteren Denkmal war 1985 Hrdlickas Gegenmal errichtet worden.

Daniel umkreiste das Monument, das von allen Seiten neue Einzelzüge zeigte. Er saugte sie in sich ein, bis seine Augen nichts mehr aufnehmen konnten. Er wandte sich beiseite, ließ seinen Blick eine Weile auf gleichgültigen Häuserfronten ruhen.

'Mit meinem üblichen Kopf kann ich das nicht fassen.

Ich muß mir einen anderen machen, einen Kopf aus all dem, was ich je an Schmerz erfahren habe.'

Er näherte sich wieder, trat auf eine Figur zu, die als Relief ein wenig aus der Platte hervorkragte, halb noch Fleisch, halb schon Skelett, starrte ihr in das verzerrte Gesicht. Mit einem Mal war er es selber, er, Daniel! 'Hrdlicka deckt auf, was in uns ist, das Stückwerk, die Splitter, die Späne, er setzt sie in Brand, läuft auf den Markt, brennt vor aller Augen, eine lebende Fackel!'

Für eine Weile mußte er sich wieder abwenden, um den Ansturm der Worte in sich zu ordnen. 'Hrdlicka weiß', dachte er, 'was Krieg ist, wer ihn macht, wer ihn schon wieder vorbereitet – und daß diese Mächtigen die eigentlichen Mörder sind, nicht die Soldaten, die sie zum Morden ausschicken.' Hrdlicka hatte Lust an vielem, an selbstquälerischer Grausamkeit, an böser Entlarvung, aber, plötzliche Klarheit in Daniel: Hrdlicka hatte keine Lust am Untergang. 'Er rückt den Brandstiftern auf den Leib! Er springt ihnen ins Gesicht! Er zwingt sie vor ihre Feuerwand!'

„Häßlich, nicht wahr?" sagte eine vorüberkommende Frau. „Wer soll das verstehen?"

„Ja, ich gebe zu, es ist schwer zu verstehen; ich habe auch lange gebraucht."

„Und jetzt verstehen Sie es?"

„Das ist heftig hervorgestoßen", sagte Daniel zögernd. „Das soll uns in Atem halten."

„Da paßt doch nichts zusammen."

„Ja, richtig: nichts. Da soll, da darf gar nichts stimmen. Der weiße Marmor paßt nicht zur rostig braunen Bronze, der Balken ist nur scheinbar aus Holz, der im glühenden Asphalt verschmorende Mensch hebt einen Haarschopf aus Pferdehaar –"

„Und? Was soll das?"

„Krieg, wie er wirklich aussieht, weder Sieger noch Besiegte, kein Inland, kein Ausland, nur Zerstörung, Selbstmord der Menschheit."

„Um uns davor zu bewahren, haben wir ja unsere Bundeswehr."

„Befehlsempfänger wie die da?" Daniel zeigte auf das Ehrenmal daneben, den rechteckigen Betonklotz von 1936, um den ein Fries von gleichförmigen Figuren im Relief herausgehauen war: marschierende Soldaten in Viererreihen mit geschultertem Gewehr.

„Ja, wie die, da weiß man, was man sieht, das ist klar."

„Ja! Ja!" Daniel, wütend und begeistert: „Vollkommen klar! Da sehen Sie Machtgier, Hetzpropaganda, nicht wahr, Drill, Schikane, alles ganz genau, zerfetzte Leichen, Rüstungsgewinne – ja, sehen Sie das?"

„Da herrscht wenigstens Ordnung."

Der letzte Abend unter den Stukkaturen der Decke auf den leichten Kunststoff-Stühlen, der letzte der Abende, an denen Witte in seiner ockerfarbenen Cordhose Dias vor ihnen an die Wand geworfen, Fotokopien an sie verteilt hatte, an denen er ihren Fragen, ihren Antworten zuhörte und manchmal seine Gedanken dazugab.

Und Birte, die ihn ansah. „Aus welchen geheimnisvollen Tiefen steigt denn eigentlich Kunst?"

Daniels Blick ging auf Birte und zugleich auf den Ahorn draußen vor dem Fenster. Um Birtes Konturen herum bewegten die Zweige ihre Blätter. *Kunstwerke wie dieser Baum da,* hatte sie sich gewünscht, atmende Kunstwerke mit Wurzeln und Wipfel. 'Das Relief von Praxiteles! Aber sie – sie grübelt nach allen Seiten über seine Ränder hinaus.'

Vielleicht sei es generationsbedingt, gab Herr Nielsen zu bedenken. Wäre eine Zeitlang ein apollinischer Stil tonangebend gewesen, verflache er im Werk von Epigonen. Dann kämen Künstler wie die Expressionisten, schrieen raus, was ihnen wichtig ist – und schrieen für viele, weil es für viele notwendig geworden sei, Ängste rauszulassen. Aber auch dieser Stil würde dann wieder totgeritten.

'Totgeritten! Kann ich dafür, daß Kunst den Ernstfall so oft nur vortäuscht? Kann ich überhaupt unterscheiden, wann es Ernst ist? Oder ob Kunst vielleicht nie...?'

„Ich meine, ein Stilwechsel hat gesellschaftliche Gründe", sagte Birte. „Denken Sie an den Manierismus. Wenn im 15. und 16. Jahrhundert –"

Birte im windgewellten Kranz der Ahornblätter, mit einem Mal Daphne, Leib wie im Tanz, wehende Haare, Blätter unter den Achseln, an den Schenkeln. Rasch wieder die junge Frau, die über den Manierismus sprach, Gedanken zusammensetzte wie Bauteile einer technischen Konstruktion. Nur die Hände, mit denen sie eben ihre Rede unterstrich, 'Handgelenke und Finger ohne Armband, ohne Ring', erinnerten noch an Pflanzen.

Birte sprach von den Albträumen des Manierismus, den Labyrinthen, Tier-Menschen, Maschinen-Menschen. „Das kündigt doch das Heraufkommen des Kapitalismus an. Und wenn im 20. Jahrhundert allenthalben, unabhängig voneinander, Surrealisten das Unheimliche, Schreckliche des *Fortschritts* entdecken...?" Sie richtete den Blick auf Witte.

„All dieses", sagte er, „spielt mit. Aber wir sind in einem Zeitalter der Unübersichtlichkeit angekommen –"

„– die Welt war immer unübersichtlich", unterbrach Urs.

Witte nickte. „Also: in einem elektronischen Zeitalter,

wo sich vieles gleichzeitig nebeneinander ausdrücken und vieles von allen zugleich wahrgenommen werden kann."

„Ja", sagte Herr Nielsen, „und alles ist heute nur noch Mache, wahre Kunst gibt es nicht mehr."

„Doch!" Wieder Witte. „Das gab es zu allen Zeiten nebeneinander, Kunst und Kitsch. Das ließ sich immer nur schwer und meist erst im Nachhinein auseinanderhalten. Was heut' nur anders ist: das Tempo, die Kurzatmigkeit, der rasche Wechsel. Realisten, Neorealisten, Abstrakte, Neue Abstrakte, Moderne, Postmoderne, Nach-Post-Moderne."

„Op und Pop und ex und hopp", sagte Frau Gärtner.

Daniel lachte nicht mit. „Gibt es also Ihrer Meinung nach keinen Fortschritt in der Kunst?"

„Nein", erwiderte Witte. „Wir bewegen uns auf einer Kreislinie."

„Drehen uns im Kreis?"

„Drehen uns nicht, wir laufen auf einer kreisförmigen Linie. In diesem Jahrhundert sind in unserer Kultur alle Ausdrucksformen neu erfunden, durchgespielt, abgelegt und wieder aufgenommen worden. Jetzt sind sie alle nebeneinander gleich gültig oder gleich ungültig, wie Sie mögen."

„Alle?" fragte Birte.

Witte hörte nicht darauf. Wo waren seine Gedanken? 'Mag sein, er sucht nach einer Zusammenfassung.'

„In diesem scheinbar unendlichen Spiel", das Schlußwort kam, „tauchen immer wieder einmal Marsyas und Apollon auf, wenn nicht in kenntlicher Gestalt, so doch Gebilde in Fleisch von ihrem Fleisch, Geist von ihrem Geist."

Daniel war aus der Bank gekommen. 'Ach, der Job! Bin

froh, wenn nach dem Sommer damit Schluß ist und das Wintersemester beginnt.'

Er zog seine Jacke aus, seine Schuhe. Eine Weile herumstehen, eine Weile bis in das Zwerchfell hinunter atmen. „Es ist niemand da außer mir", sagte er halblaut. Der Satz gefiel ihm. Er wiederholte ihn. Er ließ sich aufs Bett fallen, verschränkte die Arme hinter dem Kopf, schloß die Augen.

'Niemand?' Geduldig hinsehen. Eine Wand, eine Wand aus Wänden, Bruchstücke von Wänden. Es war Bewegung in ihnen. Flächen, die auseinander- und wieder zusammenrückten. Jetzt schoben sie sich übereinander, verschmolzen. Ein sandfarbener Grund, auf dem dunklere Streifen und Striche erschienen. Linien, sie verfestigten sich, sie kamen ein wenig aus der Fläche heraus, Umrisse, die Schatten warfen. Zwei Gestalten.

„Kommst noch mit?" Daniel hatte seiner Stimme einen leichten Ton gegeben.

Urs und er überquerten den Strom. Vom Ufer ablegen, die schwankende Fähre, das glucksende Wasser – winziges Abenteuer der Überfahrt.

Im Strandcafé holten sie sich zu trinken, gingen zu den Tischen in der Uferwiese, fanden noch einen Platz auf einer der Holzbänke.

'Wie soll ich beginnen? Zuerst einfach ein paar Worte über Witte.' „Ich meine, der könnte an eine Uni gehen."

„Der würde sich nicht vor Studenten trauen mit seinem simplen Schema."

Ringsum Gruppen, Paare, wenige Einzelne. Manche aßen, alle hatten Gläser vor sich. Die keine Bänke mehr gefunden hatten, saßen im Gras oder auf dem Sand, Jakken und Taschen bunt um sich verstreut. Kinder wuselten herum.

„Sag' mal: du hattest dich als *Kunststudent* in die Liste eingetragen?"

„Die Künstler haben ihre Aufgabe weithin an die Designer verloren, an Raumgestalter, Modeschöpfer, Werbegrafiker."

„Weithin wohl – aber nicht ganz."

„Kunst – und für wen? Diese Vernissagen, Rezensenten, Galeriebesucher! Maulaufreißer, ihre Mäuler sind wie Arschlöcher, kommt nur Scheiße raus. Hab' die Lust verloren, denen irgendwas in den Rachen zu stopfen."

„Wieso studierst du dann Kunst?"

„Studier' ich ja lange nicht mehr."

Zwischen größeren Kindern, die Ball oder Fangen spielten, Kleine, nackt, mit Eimer und Schaufel, andere waren schon müde geworden, schmiegten sich an die Erwachsenen, ließen die laufustigen Beine baumeln.

„Was hattest du überhaupt mit Kunst im Sinn?"

„Wollte etwas aussagen. Etwas Bestimmtes. Kam damit gar nicht vor in den Augen der anderen: auf ihrer Skala vom attraktiven Zufallsfund bis zum durchgefeilten Arrangement."

„Und was suchtest du in der Volks-Hochschule?"

Gedämpftes Geplauder, hier und da ein halblauter Ruf, ein Gelächter. Nichts, nicht einmal das gelegentliche Kindergeschrei, störte die Ruhe, das Einvernehmen, das über dem Strand lag.

„Vielleicht diese Birte", sagte Urs.

'Wie? Birte? Er?' Nach einer Weile brachte Daniel heraus: „Das hast du gut verborgen gehalten."

„Mag niemanden mit mir belasten. Wollte dich auch

nicht... sah ja, wie stark du..." Urs brach ab. „Na, es war so eine Überlegung, ob ich nicht irgendwas mit Skulpturen..." Er machte eine entschuldigende Geste. „Die ganze Gesellschaft ist doch auch eine Art Skulptur."

Ein Binnenschiff, mit Sand beladen, tauchte an der Flußbiegung auf. Daniels Blick klammerte sich an die Form, bauchig und schnittig, Gefäß und Fahrzeug in einem. Er tastete nach seinem Glas, trank. „Ich habe mich auch mit Beuys beschäftigt", sagte er, „mit seiner *sozialen Plastik*."

„Dies *Gesamtkunstwerk*", die Lippen von Urs hatten sich gekräuselt, „das zu geringem Teil aus Fett und Schrott, zu größerem aus netten Gefühlen und zum größten aus Gerede bestand."

Daniel hielt an dem Thema fest. „Ich finde den Gedanken gar nicht so schlecht, daß jemand die Grenzen der Kunst sprengen möchte, daß künstlerisches Bilden immer zugleich mit Bilden am Menschen zusammengehen soll."

„War auch eine Zeitlang Beuysianer. Diese bewußt *armseligen Materialien*, mit denen er gearbeitet hat, diese Werke bewußt *ohne jeglichen Sinnenreiz!* Und daß er sich Tieren und Verbrechern verbunden fühlte."

„Aber so eine Phrase wie *Die Kunst ist die einzige wirklich revolutionäre Kraft* ist eine Schrulle."

„Natürlich! Beuys paßte doch gut in den Kunstbetrieb von heute, wo man mit Kugeln und Würfeln jongliert, mit Klecksen und Punkten, oder, um sich real vorzukommen, irgendwelches Gerümpel zusammenbastelt."

„Aber du hast doch selber gesagt, heute könne man nicht mehr gegenständlich arbeiten. Was stimmt denn nun?"

„Muß denn immer was stimmen? Vielleicht ist nur stimmig, was nicht stimmt."

'Du zum Beispiel!' dachte Daniel. Und dann: 'Ich auch nicht. Wenigstens jetzt nicht.'

„Auf der Kunstschule, weißt du, hab ich mir lange Zeit die menschliche Gestalt aus dem Kopf zu quälen versucht, *es ist vorbei! es ist eine unglückliche Liebe!* – aber Hrdlikka, der hat mir wieder Mut gemacht. Ein Wirbel von Hieben, Stichen, Kratzern – und was kommt raus? Menschen! Davon sind wir doch besessen!"

Menschen, ja! Birte! Daniels Blicke gingen über die Fremden rundum, strichelten ihre Konturen aus dem Ungewissen heraus, schraffierten ihre Konturen ins Ungewisse zurück. Aber das leidende Gesicht vom *Feuersturm*, in das er wie in einen Spiegel geblickt hatte! 'Ich muß es Urs erzählen!'

„Du warst in Hamburg am Dammtor? Gut! Eines Tages mußt du dir auch das Engels-Denkmal in Essen ankucken. Und – ach, alle seine Sachen! Fragmente, Torsen: mehr sind wir nicht. Angefressen – noch nicht zerfressen. Hrdlicka kennt die Menschen. Auch Lustmörder, auch Giftmischerinnen – von denen haben wir alle etwas in uns."

'Von denen? Ich? Etwas, vielleicht. Aber eher von ihren Opfern. Mordopfer, das sich bis zum letzten wehrt: Hör mich an! Laß uns reden!'

Wieder kam ein Binnenschiff in Sicht; mit Baumstämmen beladen, tuckerte es langsam flußauf. Daniels Hand hatte sich geballt; jetzt löste er die Faust, bewegte die Finger prüfend. Er lehnte sich zurück. Windstille rings. Laue Luft um die Schultern der Frauen. 'Fleisch aus Marmor', dachte er. Er atmete die Worte ein, sein Zwerchfell nahm sie auf, gab sie wieder heraus: 'Marmor aus Fleisch.'

„Marcks", sagte er, „weiß etwas anderes vom Menschen.

Wie leicht er verschwemmt werden kann. Daß er sich in seinem Rückgrat sammeln muß. Um zu erkennen, wie gefährdet wir sind, braucht man nicht nur Hrdlickas Röntgenblick."

„Sicher, Marcks! Auch kein Kunstgewerbler, der unverbindlichen Kram zusammennagelt und -klebt."

„Kennst du seine Tierplastiken?" Die vielen Hunde in der Strandszene. Sie hatten die Ruhe in sich aufgenommen; von einer Fülle von Gerüchen gesättigt, hoben sie nur ab und zu ihre Nasen, standen träge auf, streckten die Läufe, gähnten – und ließen sich wieder niedersinken.

„Die Tiere von Marcks: das sind wirklich Tiere", sagte Urs. „Darum hab' ich das Seminar auch durchgehalten; Witte hat halt mehr gebracht als das Neueste."

'Es war doch nicht nur Birte!' Also: die moderne Kunst! Aber war Daniel nicht empfänglich für manchen ihrer zarten oder kühnen Akzente? „Menschen", sagte er, „die sich sowas an die Wände hängen, bekommen dadurch vielleicht ein Gespür, daß es außerhalb ihrer Welt noch etwas anderes gibt."

„Ja – nein! Die geistigen Kleinbürger vereinnahmen das als Statussymbol. Heute dies, morgen was anderes. Sie selber haben keine Ahnung. Sie sind vollkommen zu."

'Solche Behauptungen mag ich nicht. Die gehen ins Leere.' Der Angestellte in der Bank, dem Daniel zugeordnet war: wie bedächtig er abwog und wie bedauernd er sich zurückzog, wenn er einem radikalen Gedanken begegnete! Anecken? Es war schon schwer genug, den Arbeitstag zu bewältigen und dennoch in Form zu bleiben. Gewiß, vieles politisch Wünschenswerte konnte nicht in Gang gebracht werden, weil die Mehrheit so kleine, zögernde Schritte machte – aber 'Politisches bewegt sich eben nur auf tausend Füßen.' Daniel sagte: „Die meisten Menschen sind anstellig, fügen sich ins Gegebene. Sonst könnte ja so ein Betrieb, wie es eine Bank ist, oder denk an den Verkehr", er zeigte hinter dem Binnenschiff her, „gar nicht funktionieren."

Er sah dem schwindenden Lastkahn nach, dachte an den Mann im Ruderhaus. „Die Träume der Leute sind möglicherweise wirr und voller Rebellion..." 'Weiß nicht, wie ich den Satz vollenden soll.'

Urs: „Und kaum sind sie aus ihren Träumen aufgewacht, buckeln sie wieder, lügen sich was vor."

Die drei Frauen am Nebentisch. 'Woher will Urs wissen, daß sie die Lage nicht erkennen? Aber sie genießen diesen Sommerabend, ihre Wurstbrote, den Blick auf die Kinder. Es ist überhaupt eine mütterliche Stimmung hier. Der Mann bei den Frauen sitzt einfach da, atmet, verdaut, schaut.'

„Wir schlängeln uns auch nur so durch", sagte er, „heben unsere Hundeschnauzen und schnüffeln herum, wo es angenehm riecht."

Urs sah auf. „Menschen mit Tierköpfen, sowas hab ich auch gemacht."

„Würde gern Arbeiten von dir sehen. Gibst du mir mal deine Adresse?"

Die Gasse ging ab von einer befahrenen Straße, eigentlich nur ein Gang, ein Laster kam grad noch durch, Kopfstein-Pflaster, zur Rechten ein paar Lagerhäuser, eine Baracke mit der halbleserlichen Aufschrift *Kartonage-Fabrik*, ein Architekturbüro, eine Klempnerei, den Abschluß der Sackgasse bildete eine Tischler-Werkstatt. „Um den Tischler rum, der Schuppen dahinter."

„Du wolltest zu mir?" Urs kam gerade aus der Tür. „Heute geht's leider nicht."

„Nicht?" 'Ach! Ich hab' mich gefreut...'

„Muß weg. Wegen gestern. Da waren wir in Hamburg, wegen der Verschiffung von Raketen."

Am Morgen in der Zeitung: 200 Raketen, hergestellt bei Dornier in Friedrichshafen, das Schiff nach der Türkei bestimmt. Demonstranten hatten den Kai blockiert: es war bekannt, wofür die Türken ihre Waffen benutzten.

„Der Frachter ist 25 Kilometer weiter nach Stadersand an der Unterelbe gefahren", erklärte Urs. „Hat ein paar Stunden später dort die Raketen geladen. Man hätte die Elbe entlang alle Häfen blockieren müssen. Jetzt muß das weitere Vorgehen besprochen werden." Ein Händedruck, er ging.

Raketen, auf Lastern durch die Straßen rollend, dem Hafen zu, Augen folgten ihnen, braunglänzende von Kurden, graue Augen wie Daniels – grauschwarz wie die Mauer am Ende der Gasse... 'Und ich wollte mit ihm über Skulpturen reden...'

Daniel erwachte. Im Traum war er mit Birte im Wasser des Poseidon-Brunnens herumgesprungen, sie hatten sich geduckt, gedehnt unter den Kaskaden und einander bespritzt, Birte stand oben unter dem Dreizack in der Sonne, winkend, Tropfen glänzten auf ihren nackten Schultern, Nereus, der alte Vater des Poseidon, hob den Kopf und grüßte, Triton, der Sohn, blies in sein gekrümmtes Muschelhorn, und hinter allen, für sich, geheimnisvoll, Proteus, der wandelbare, der sich gerade eindrehte in eine neue Gestalt – 'Ich sah, wie er in seinem eigenen Schatten verschwand; in welcher Gestalt wird er wiederkommen?'

Licht fiel von oben in den Schuppen, Skulpturen aus Holz standen herum, manche nur angefangen, halbfertig, Gestalten, oft mit verstümmelten oder verrenkten Gliedern.

„Die Gesichter –"

„– sehen aus, als hätte man ihnen in die Fresse geschlagen", sagte Urs.

'Er scheint nicht viel Lust zu haben, darüber zu reden.'

Daniel ging von Figur zu Figur. 'Und der will kein Künstler sein? Andere, die so starke Sachen machen, würden sich bestimmt als Künstler bezeichnen.'

Er blieb vor einem Block stehen. Eine angedeutete Gestalt. Eine Frau war zu erahnen. Tiefeingegrabene Falten zogen das Gesicht in den zusammengedrückten Rumpf hinunter.

„Daran hab' ich in den letzten Wochen gearbeitet."

„Du hast also noch nicht aufgegeben!"

„Nein." Urs unter dem Oberlicht in der Mitte des Raumes. Die Augen ins Weite gerichtet. „Ich möchte einmal einen Marsyas machen. Einen Marsyas, der die Leute anblickt. Dessen Blick sich keiner entziehen kann. Aber ich bin noch nicht so weit." Er wandte sich ab, ging zu einer Holztreppe im Hintergrund.

'Marsyas, der einen ansieht... Dessen Augen ich eben sah... Für einen Moment...' Daniel wollte etwas sagen, Urs wartete am Fuß der Treppe, winkte ihm.

Über einem Teil des Schuppens gab es noch ein Stockwerk. Zuerst ein kärglich eingerichtetes Zimmer. 'So hab' ich mir das vorgestellt: Urs lebt aus dem Koffer.'

An der Wand eine große Karte der Länder zwischen dem Ägäischen, dem Schwarzen, dem Kaspischen Meer und dem Persischen Golf, mitten darin blutrot *Kurdistan*, die fiktive Republik der Kurden, ausgedehnt über die graufarbenen Staatsgebiete von Armenien, Iran, Irak, Syrien, vor allem Türkei.

„Siebzehn Millionen Menschen mit einer 4000jährigen Geschichte", sagte Urs. „Nationalismus ist Gift. Aber man zwingt die Kurden geradezu, einen eigenen Staat zu fordern, wenn man ihnen die kulturelle Selbstbestimmung vorenthält."

Sie traten in eine Wohnküche. Auf einem Sofa ein dunkelhaariger, junger Mann. „Das ist Ifan. Und das Daniel, ein Freund. Setz' dich doch!"

Ifan schob eine deutsche Zeitung und ein Lexikon beiseite. Er begann zu reden, als habe er auf ein Ohr gewartet. Seine Stimme röchelte ein wenig: mehrere Monate in der Türkei inhaftiert, Folterer hatten ihm die Zähne zersplittert, die Zunge zerschnitten, schließlich von kurdischen Landsleuten nach Bremen geholt, vier Wochen im Krankenhaus. „Ich war auf einer Demonstration gegen die Zerstörung eines Nachbardorfes. Sie haben mich rausgesucht, zur Abschreckung."

„Sprich nicht soviel, schon dich!" sagte Urs. Die Türken hätten Ifan beschuldigt, er unterstütze den kurdischen Separatismus. Tage sei er ohne Wasser und Essen geblieben, stundenlang täglich mit Ketten an Armen und Beinen aufgehängt. In Deutschland aus dem Krankenhaus entlassen, habe er an der Blockade der Autobahn teilgenommen. „Jetzt soll er in die Türkei abgeschoben werden. Sein Rechtsanwalt: *Man wird ihn wieder foltern;* darauf der Richter: *Folter ist dort ein landesübliches Mittel der Rechtspflege.*"

Ifan konnte nicht schweigen. „In den letzten drei Jahren mehr als tausend Dörfer niedergebrannt. Viele Menschen auf offener Straße erschossen."

Urs: er möge sich erstmal eine Weile hinlegen, er müsse wieder ganz zu Kräften kommen.

„Es gibt Freunde!" Ein weicher Ausdruck in Ifans Gesicht.

Urs brachte Daniel zum Ausgang. Neben der Tür Eimer mit schwarzer Farbe, große Pinsel daran gelehnt. 'Will er jetzt im Großen malen, auf Riesenwänden?'

Bevor Urs Daniel hinausließ, deutete er nach oben auf die Tür hinter der Treppe. „Kein Wort darüber, bitte!"

Wenn Daniel den Marktplatz überquerte, verlangsamte er immer den Schritt, hielt einen Augenblick inne. Der Formenreichtum der älteren Bauten, dagegen das Parlamentsgebäude, schlank, elegant, der massige Dom stand ein wenig zurück und ließ dem Atem Raum –

plötzlich, Daniels Blick ist zum dreigiebeligen Rathaus gegangen, sieht er die Schrift, links und rechts vom mittleren Giebel, schwarz auf dem Grün der Dachfläche: *Keine – Abschiebung*. Da liegt, behäbig und zierlich zugleich, der alte Bau in der Sonne, und von oben her stören die beiden Worte, hart, deutlich, sein Behagen an sich selbst.

'Worte, die in diese Stadt wie Messer stoßen. Nicht scharf, sie sind blank. Sie wollen nicht töten, sie wollen wecken. Die Klingen blitzen in der Sonne auf, für einen Moment blinkt der ganze Platz.'

„Schändung!" rief ein Passant neben Daniel. Ein anderer sagte: „Ist nicht die wirkliche Schande, wie man den Anblick des Unrechts von sich schiebt?"

Daniel umkreiste das Gebäude. In einem Winkel, wo das alte an das neue Rathaus stieß, stand ein schmales Gerüst, vielleicht zur Reparatur einer Dachrinne, einer gelockerten Kupferplatte, eines verwitterten Sandstein-Schnörkels, sicher zum Anbringen einer Schrift...

'Ich muß ihn sprechen!' Daniel ging in die Gasse, stand vor dem Schuppen, klopfte.

In der Werkstatt nebenan öffnete sich eine Tür. „Zu wem wollen Sie?" fragte der Tischler. „Die Bude ist leer. Der hat sich abgesetzt. Das hat gestern schon die Polizei festgestellt." Die Tür schloß sich wieder.

'Die Polizei hier? Er hat sich abgesetzt?'

Daniel trat an ein Fenster. 'Ein Blick auf seine Skulpturen!' Das Fenster war blind vor Schmutz. Gegen die Scheibe starren, sich nicht lösen können. 'Ich bin unrasiert, trage den Bart von Urs, ich bin heiser, meine Stimme krächzt wie die von Ifan, ich –'

Stimmengewirr in Daniel, tagelang, Stimmen von überall, keuchende, stöhnende. 'Ich hab sie fassen wollen, lenken, unmöglich!' Lärm drang von allen Seiten in ihn ein, höhlte ihn aus, sein Leib ein Rohr, in dem es röhrte – was? 'Ich war es nicht, hab das Mundstück nicht gefunden, nichts zwischen den Lippen gefunden, den Ton, der aus mir blies, selber zu blasen.' Ach, er hätte gern Luft in sich gesogen und verströmt in einer Musik voll der kräftigsten Dissonanzen, einer Musik, die sein Inneres aufriß, das Unterste zuoberst kehrte und in langen Wellen aus dem Gedränge hinauszog...

Die Tage waren vorübergegangen, Stille wieder herangewachsen. Daniels Organe hatten sich beruhigt, Nervenstränge, Muskelstränge, der Atem ging durch eingestimmte Saiten. Er hörte den Klang, seinen, einen Fluß voll leiser Dissonanzen, der Worte trug und sie manchmal freiließ zu ihrem Hingehn, wohin sie wollten. 'Ich weiß, wohin.'

Er wird Birte nicht mehr in der alten Bürgervilla treffen. Aber er kennt die Straße, wo sie wohnt. Er wird wieder Zufall spielen, ihr dort begegnen. Eine Grünanlage gäbe es in der Nähe, Bäume, ein Ahorn, einige Skulpturen, auch die nackte mit dem emporgerissenen Arm, im Hintergrund käme eine Reihe gelber Säulen hinzu, dorische Säulen; aus Demonstrationen heraus würden sie, damit war zu rechnen, mit Farbbeuteln beworfen. 'Ich werde sprechen, wir werden sprechen über alles, was wir gesehen haben, es ist noch lange nicht zuende, es gibt nie ein Ende, über das, was zu tun ist, zu sprechen, Auge in Auge mit ihr – unter der Sichel des Brauenbogens dein klares Auge.'

Otmar Leist lebt in Bremen. 1921 dort geboren. Nach dem Krieg einige Semester Literaturgeschichte und Volkswirtschaft. Verschiedene Berufe, u.a. zwölf Jahre Bankangestellter. Seit 1975 Schriftsteller. Bis 1984 acht Gedichtbände, die vergriffen sind. Im Donat Verlag erschienen: *Langer Zorn, längere Liebe* (Gedichte 1992), *Sinjes Tagebuch. Eine Liebesgeschichte mit Heinrich Vogeler* (Roman 1994).

Im Jahre 1913 erschien als Insel-Buch Nr. 67 der *Dialog vom Marsyas* von Hermann Bahr. Ich verdanke diesem Buch wichtige Anregungen.

O. L.

Otmar Leist:
Sinjes Tagebuch.
Eine Liebesgeschichte
mit Heinrich Vogeler
230 Seiten, 24.80 DM
Donat Verlag
ISBN 3-924444-78-1

Sinjes Tagebuch

Der Roman schildert die vielfältigen Probleme einer Neunzehnjährigen mit Schule, Elternhaus, Freundeskreis und in wachsendem Maße auch der aktuellen Politik. Sinjes Interesse für Malerei führt sie zu Heinrich Vogeler; der Prozeß ihrer Selbstfindung läuft parallel zu der Entwicklung ihres Verständnisses, ihrer Liebe für ihn. Ihr unvoreingenommener Blick, der Menschen und Kunstwerke zu frischem Leben erweckt, wirft neues Licht auf Gestalt und Werk Vogelers.

Der Autor erreicht zweierlei: er öffnet den Blick für die Gedanken Jugendlicher und weckt das Interesse an dem durch seine Menschlichkeit bestechenden Heinrich Vogeler. (Weser-Kurier) *Kaum ein Leser wird sich diesem Versuch, mit Hilfe eines fiktiven Tagebuches Vogeler neu zu sehen, entziehen können. Otmar Leist ist es gelungen, ein faszinierendes Bild zu zeichnen.* (Lebendige Heimat)

Otmar Leist:
Langer Zorn, längere Liebe.
Aufrufe, Anreden, Wandsprüche
und andere Gedichte
76 Seiten, 14.80 DM
Donat Verlag
ISBN 3-924444-60-9

Langer Zorn, längere Liebe

„Leists Gedichte liefern den lebendigsten Beweis für das Vorhandensein einer avantgardistischen Poesie" (die horen). Überraschend die Vielfalt seiner Formen und Töne: gebundene Verse wechseln mit freien Rhythmen, Liedhaftes mit Berichtartigem, Satire steht neben Anklage, öffentlicher Appell neben persönlicher Anrede. Zwischen „Aufrufen" und „Wandsprüchen" ein privateres Kapitel: es spricht vom Umgang des Autors mit Freunden und Freundinnen, mit sich selbst und mit seinen Worten.

„Otmar Leist schreibt Gedichte von Prägnanz und großer Bildhaftigkeit. Er vermeidet jede künstelnde Ausschmückung und esoterische Verdunkelung" (Bremer Nachrichten). Er kennt Zweifel und Angst, aber durch alle seine Strophen geht ein Unterstrom von Zuversicht, ufert nie in Gerede aus, macht seine Sprache fest und bündig. Ein Buch langen Zornes, vor allem aber: längerer Liebe.

Ein Klassiker der Friedens- und Jugendbewegung

Hans Paasche: **Die Forschungsreise des Afrikaners Lukanga Mukara ins innerste Deutschland.**
Geschildert in Briefen Lukanga Mukaras an den König Ruoma von Kitara. Mit einem Nachwort von Iring Fetscher und 25 farbigen Zeichnungen nach Vorlagen afrikanischer Wandmalereien von den Bissagos-Inseln und aus Lunda
112 S., 14.80 DM
Donat Verlag – ISBN 3-924444-01-3

Eine ironische Herausforderung der Nachdenklichen von heute (Süddeutsche Zeitung)

Eingängige politische und ökologische Kritik der deutschen Gesellschaft (Neue Züricher Zeitung)

Eine noch heute aktuelle Anklage der Zivilisation und des Kolonialismus (DIE ZEIT)

Hans Paasche: **„Ändert Euren Sinn!" Schriften eines Revolutionärs**
Hrsg. von Helmut Donat und Helga Paasche. Mit einem Nachwort von Robert Jungk (= Schriftenreihe Geschichte & Frieden, Bd. 2)
266 S., 24 Abb., 29.80 DM
Donat Verlag – ISBN 3-924444-49-8

Hans Paasche, Ankläger des Militärwesens und „Freund Afrikas" forderte nach 1918 eine Abkehr vom Gewaltkult. Rechtsradikale Soldaten erschossen ihn im Mai 1920 „auf der Flucht" Vierzig ausgewählte Dokumente stellen das facettenreiche, „moderne" Denken Hans Paasches vor und weisen ihn als eine herausragende Persönlichkeit der Jugend-, Ökologie- und Friedensbewegung aus. Eine Sammlung von Dokumenten, die zum Nachdenken einlädt – auch und gerade über unsere heutige Haltung zu Natur und Umwelt.